雙人探戈

◉章緣／著

聯合文叢
512

給喜歡跳舞的

Amy,

Angela,

Charles

目次

自序

快樂寫小說

寫小說是苦是樂？答案因人而異。但無論繆思女神是否苦等不至，作品是否難產而令人險些抓狂，那快樂終究是比痛苦要來得強烈，否則為何要伏案而寫，自尋煩惱？寫小說的快樂在於自我表達和發掘的喜悅，那種從無到有的建構和實踐，那種把飄渺的意念化作可觸可感血肉的神奇。作品成形後，一切磨難都微不足道了，快樂戰勝痛苦。除非是事後的悔恨，眼高手低，無可奈何。

這是我的第七本書，第五本小說集。過去，我嚐過不少寫作的苦和樂，最苦的不在於寫作當下遇到的困難，而在於寫作的這個人萎靡不振、有話不想說。於是以為已經寫到底了，下墜，沉落，紛揚的氣泡如串串淚珠，卻在碰到大海底部的那一剎那，猛然彈回水面。這一回，我嚐到一種不一樣的快樂。

很難去分析到底為什麼，但這本書裡的小說，我寫得既快且樂，被筆下的一切帶著跑，有種解放的快感。

輯一的舞蹈系列，由五篇微妙相關的短篇串連而成，每一篇都能獨立存在，合在一起則更加完整。這當然不是什麼新鮮技法，只是作者自己偷偷樂著，在或快或慢的樂聲中，跟想像力翩翩起舞。這個系列得到的回響特別熱烈，原來身旁有這麼多愛舞者。

輯二由三個短篇合成，篇幅都在八、九千字之間。臺灣短篇小說在結構和語言上的要求向來嚴謹，文學園地對短篇字數的限制也扼阻了它的蔓生，我雖然早已習慣這樣的遊戲規則，卻越來越希望能鬆開像粽子般裹得太緊密的故事，讓它的香氣飄出，孳生更加多面的姿態和涵義；又或者說，我此時想說的故事紋理脈絡比較複雜，需要更多的空間去表現。

輯三是一個小中篇。從未想過以孩子的視角說這麼長的故事，但那天，故事自己來了，我趕著把它記下，它像山泉湧流傾瀉，我跟著狂奔，整個人都要飛上天去了，一邊寫一邊看錶：兒子快放學了！就這樣寫了十天，成就了這麼一個介乎成人和兒童文學之間的故事，不需怎麼修改它自然就環環相扣，想修也無從修起。寫完，只能滿足地歎口氣。

我是住在上海的臺灣人，所思所感不出這個範疇。原本就不喜直面書寫，現在更盪開筆去寫跳舞、寫乒乓、寫貓和狗，寫人跟人交會發生的種種，這是更深入上海生活後的自然轉變。我最終目的，還是書寫「人」的故事。

再次發現，生活總是主宰著我的寫作，人在哪裡，故事就在哪裡。當意念向我邀舞，我每每猶如第一次參加舞會般雀躍，那種快樂，也只有完稿寫序的此刻堪比擬了。

輯一

雙人探戈

It Takes Two to Tango

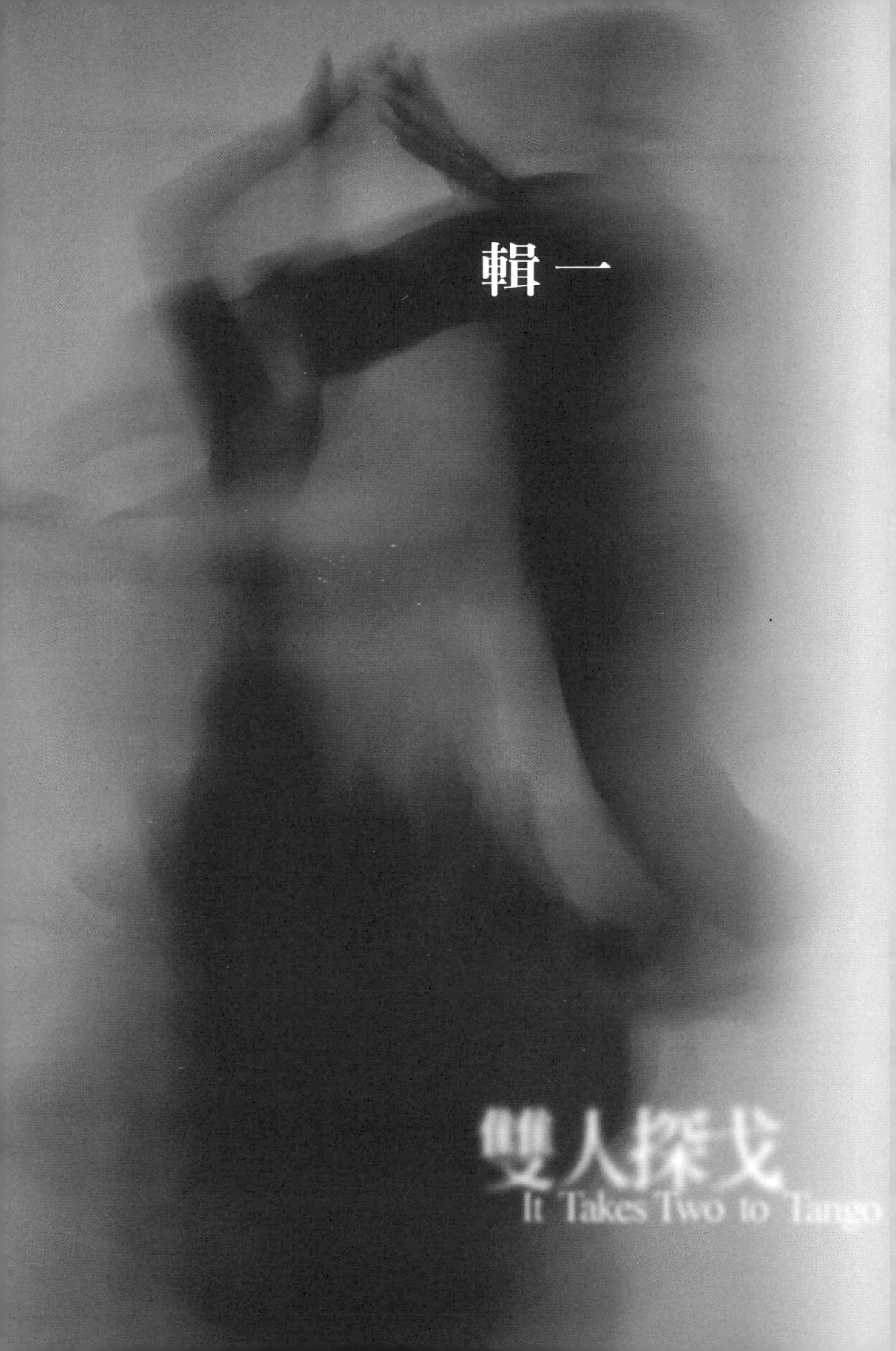

排排隊跳跳舞

一陣冷風從陽臺颳來，一剎時，天暗了。她從書裡抬眼，一年到頭都是灰陰的上海天空，現在蒙上一層霧，像路邊那個盲人灰翳的眼珠。每次去上課時，盲人就坐在公車站旁福建沙縣小吃和臺北鹽酥雞的夾縫間，一個紙杯裡幾個銅板。她總是給他錢。再怎麼樣，她也是不愁吃穿，不用工作。

她扭開沙發旁的立燈，長長探出的燈管拐個彎，俯照在手裡的白紙黑字上。一圈光亮，像一個舞臺。在上海，像她這樣背景的人，喜歡讀書的不多，尤其是讀手上這種書。書裡正說到黛玉和姊妹們成了詩社，點香限韻吟白海棠。旁人絞盡腦汁尋覓佳句，只有黛玉不以為意，待到香盡時辰到，她才一揮而就，擲與眾人，其中「偷來梨蕊三分白，借得梅花一縷魂」兩句，贏來一致讚賞……

她合上書，時間差不多了。她總是掐準了時間去，不早一點，不晚一點。太早了，眾人喧嘩，晚了，她又真的喜歡跳舞。衣褲是早就換好了，太空鞋錢包水壺和交通卡也在包包裡，她套上及膝的風衣，帶子在腰上一束，穿衣鏡裡她看來神祕，猜不透接下來要去哪裡做什麼。她不去向人解釋，也不隨便暴顯自己。生活裡有很大一部分，她是一個人。跟家人吃飯也好，跟朋友喝咖啡也好，走在鬧哄哄的人世，她常常覺得就是一個人。黛玉也這樣吧？她的詩句來得快又好，無人能及，除非走得出那個園子，要不只能捺住性子陪大家玩。

車子很快就來了，她落在最後，乘客不分老少都往前頭擠。就在她要上車時，一個水桶擋到身前，水桶的主人隨之也擠到她前面，她看到水桶裡一隻大烏龜，或是上海人喜歡吃的甲魚？上了車，只餘烏龜主人旁的空位，她坐下來，水桶就挨著她的鞋。車子開得極猛，連停車都是緊急剎車。水桶會不會傾倒，讓跟她腳一樣大小所謂長壽的吉祥物伏在她腳上？她可以選擇站起來，不坐這個位子，她提醒自己，這並非不能改變的事實，不是黛玉走不出的大觀園。但她不會輕易被一隻龜嚇跑，即使牠看起來巨大並醜陋，因為，因為她屬兔。小兔兔，上學前，媽媽總這樣叫她，這曾經是她的小名。小名總跟動物有某種關係。

因為她屬兔，她聽到的第一個故事就是龜兔賽跑。別像兔子那麼驕傲哦，跑到一半就到樹下打盹去了，結果還是勤勉努力的烏龜贏了。媽媽這樣說。但她不喜歡行動緩慢的烏龜，烈日下一寸一寸揮汗前進。她要像狡兔敏捷騰跳，輕巧一縱，就把眾人遠遠丟在後頭。

這世界是同情拙慢愚蠢者的，為他們編寫了多少動人的故事。絕大多數的人從未企及那種高度，那種把事情做到最好最美的極致，他們不知道什麼是與生俱來的聰慧過人才華洋溢，他們不懂。她忿忿下車，從那個盲人前快步走過。

還有五分鐘，她走進炫舞工作室。櫃檯小姐投以疑問的眼光，這是第三次來，還是沒人知道她。更衣室裡有五、六個人，年齡跟她相仿，脫卸掉身上的名牌服飾，露出不見天日被胸罩和內褲擠出的一圈圈黃白的肉。女人最見老的部位是腹部，尤其當了媽媽，原本就鬆弛的肉更明目張膽地屯積脂肪，背部兩排肉以脊梁骨為分水嶺斜掛，更是年華老去的鐵證。她們換衣服穿鞋，嘴裡一直絮絮叨叨過去幾天發生的大小事情。這一班排舞跳了快兩年，彼此都很熟了。這是一群以海歸為主的貴太太。

她轉進隔壁的洗手間。這裡很寬敞，兩間廁所都沒人，一間沖澡間門開著，洗手檯擦拭得很光亮，放了一盆吊蘭。吊蘭不是蘭，是觀葉的綠色植物，青葉白脈垂掛著，有的葉尾長出了小吊蘭，也像母株一樣，只是迷你。在上海，難得有這樣沒有氣味的洗手間。也難怪，這裡出出入入的人都很講究。她呢？她喜歡潔淨的洗手間，但是講究需要餘裕。她並不是那種可以把孩子送到美國學校或國際學校的海歸家長。老公在這裡開了兩家泡沫紅茶店，第三家正在找地點，一切剛剛開始。第五回合的起點。老公是臺南人，他說泡沫紅茶是臺南開創的，老店就在中正路一個小巷裡。只要是臺南人就可以賣泡沫紅茶擔仔麵或米糕，他這樣說。這回會做起來吧，血統比別人純正。別的臺商進入餐飲業，開的是高級日本料理店，他們是小吃，而且是仆倒後再站起來的第五個爐灶。這回能像這盆吊蘭，長出一個個子株來嗎？

她把風衣一脫，鏡裡是苗條如年輕女郎的身段，胸和臀溫柔地起伏，腰線十分婀娜。灰色緊身恤衫，黑色緊身褲，一條橫走灰線荷葉邊的金色短裙。當別人試圖以寬鬆來遮掩時，她卻亭亭勻稱如二八年華。把頭髮一束成馬尾，她的背影是如假包換的青春。

牆如紙，談笑聲聲聲入耳。「剛剛那個人是誰啊？」

她停下換鞋的動作。

「哪個人？」

「有個女的，臉臭臭的。」

「是個新同學……」語聲在這裡卻低下去了。

她換好衣鞋，走出去，沒有看她們一眼。

舞蹈教室要再上一層，螺旋木梯一級級，她三步作兩步往上。老師已經招手要大家集合了。她走到最後一排的角落站定，這裡照不到鏡子，是她這種後來者外來者應該站的地方。排舞，是眾人排成矩陣齊跳之舞，它的舞步簡單，容易學習。一群人一起跳舞會產生一種群體緊密聯繫的愉悅感覺，這是排舞跟其他舞蹈最大的不同。難怪這些太太們都成了好朋友。

暖身操一做，身體醒過來了，腦裡的念頭原本如泡沫，沏沏沏，鋼杯手搖出的泡沫紅茶，沏沏沏，隨著壓腿彎腰，茶沫慢慢消失不見。從身體深處傳來一種呼喚，她開始期待接下來的九十分鐘。樂聲響起，是前兩週教的八個八拍舞步，那樂聲啟動了她的身體，身體自然隨之舞動，前進踢點踏，後退恰恰恰，她半閉著眼，八個八拍行雲流水跳完。

老師卻說，過了一星期，大家把舞步都忘光了，方向也轉得不對。重新來過，跟著老師的示範，第一個八拍如此如此，第二個八拍這般這般。要用心啊，月底的表演賽快到了。

體內流動的真氣被阻滯了，剛要熱起來的身體，一寸寸變冷。受挫的她睜大眼睛看身邊近二十位舞友們，她看見，這人轉起圈來東倒西歪，那人左右不分拍子不對，而前面這位永遠記不得舞步，一再停下，四顧茫然。原來她以為的力與美，竟是眼前的醉步搖晃。有的人快有的人慢，有的人腳步大有的人腳步小，隊形變調，她站在了兩排之間，鏡子裡出現了她。

好，休息一下，這位新同學跳得不錯。老師對她頷首。鏡子裡，她看到自己僵著臉，而四周投來許多打量的眼光。你來，跳一遍給大家看。

後來者外來者身分不明的新同學，她該緊張嗎？會不會當眾出醜？該擔心這些或那些事？沒有，完全沒有，她的心一片清平，沒有鋼杯上下搖動產生的泡沫，就是跳舞，沒有別的，這個舞臺屬於她。

眾人向兩旁退開，她獨自站在教室中央。

大家好像是頭一回看見，只見這人亭亭俏立，眼皮低垂，顯得靜如處子。是的，大家同時想到了下一句，動如脫兔，因為當樂聲響起，她開始舞動，舉手投足是那樣地活潑有力，轉身俐落，步伐靈動，完全不費力的準確。老師教的舞步很簡單，但是她卻跳得那麼複雜，每個動作都被適如其分地強調並優美化，加上自然的律動，金色裙花一個又一個開落，每個動作因此有了許多耐看的細節。她跳的是一支自己的舞蹈，跟所有人的都不一樣。或是說，她跳的是一支生來就會的舞蹈，舉重若輕熟稔自如，就像從小到大就會跳的一支舞，裡頭沒有需要勉力去記憶的舞步和舞序，裡頭沒有頭腦，只有身體。她是個天生的舞者。

她舞著舞著，沒有任何壓力或期待，只是欣喜於有一個舞臺，有眾人難得安靜的三分鐘，讓她專注地做好一件事。現在整面鏡牆都屬於她了，她跟自己舞動的姿影不斷打照面，那旋轉起落，那前仆後躍，優美敏捷如草原上奔跑的飛兔，賽跑前賽跑後，依舊只有牠見首不見尾地縱跳。她可以做到這樣，她竟可以不費力就做到這樣。老公的紅茶店，之前的甜不辣，牛肉麵、滷味和香腸，都跟她是誰無關。她就是她，草原上的飛兔。雲端裡伸下來一隻手，愛寵地摸摸她的頭。她的眼睛溼了。

舞畢，掌聲熱烈。老師要大家多練習，熟能生巧呀！休息十分鐘，多跟這位同學請教請教吧。

她還在她的世界裡，在草原上，但整個舞臺瞬間瓦解，觀眾解散如沙，她不再是中心點。沒有人來向她請教，她樹立的是一個異例，不是常態，每個人都看出，那並不是靠練習就可企及的高度，她們也不需要企及那樣的高度。排舞只是運動罷了，每星期九十分鐘，朋友們一起動動筋骨出出汗，這就是排舞的所有意義。

只有一個人上前，含笑對她說：「跳得很好。」

「謝謝。」

「我是這班的班長，Amanda，很歡迎你的加入。」

「謝謝。」除了謝謝，她不知道還能說什麼，關於她的一切，剛才舞蹈裡都說了。

「你年輕，不像我們，四五十歲，關節都硬了，膝蓋也有毛病。」

年齡能解釋她剛才的舞蹈嗎？「我跟大家一樣。」

「是嗎？我屬兔，你屬什麼？。」

「你屬兔？」她愣了一下，「你屬兔……」

有人跑來打斷她們的談話，在班長耳邊輕聲說著什麼。

「哦，對了，我們月底有個表演賽，歡迎你來，」也屬兔的班長說，「不過，排舞就是要整齊才好看，剛才你跳的樣子，跟我們差太多了，到時候你可能要注意一下。」

是啊，如果鶴往雞群裡一站，會更襯托出每隻雞的短腳。看到她的猶豫，班長說：「到時候，別人不誇你跳得好，卻說我們跳得差。」

你，我們。這是排舞，是群舞，怎麼可以從群體裡分出個人，讓個人去表現？她點點頭，不知是同意對方的說法，還是答應會跳得跟大家一樣。黛玉吟白海棠一段，不知讀過多少回了，哪會不曉得最後還是沉穩入世的寶釵奪了詩魁。龜兔賽跑的結局不也是？

下課了，大家換好衣鞋，三三兩兩走出來到馬路上，一個個拿出手機呼叫司機。一會兒，一輛輛黑色的賓士寶馬過來了，七人座的休旅車也過來了，太太們說笑著上了車。班長Amada臨上車前看到她，不忘問一句，住哪裡？怎麼回去？

「哦，就住附近。」她說。

目送寶馬輕裘的貴婦們離去後，陰了半天的天空，終於飄下濛濛細雨，冰線一般。汗溼的衣服貼住肉身，雖然套著風衣，寒意還是一陣陣侵入。她把手探進衣袋裡，在衣服裡環抱自己。也罷，她從來都是一個人。她往公車站走去，這回，沒有忘了給那盲人錢。

首載於二〇一〇年一月二十四日《聯合報・副刊》

最後的華爾滋

夢憶大舞廳開在上海古北區一個商業大樓九樓，全層統包，客人從電梯一出來，迎面就是牆上滿貼的國際標準舞競賽海報。一幅立起來比人高的是世界冠軍得主到上海巡迴演出海報，洋男洋女擺出了優雅的華爾滋舞姿，穿著燕尾西服的男人俊拔挺立，油光的頭髮一絲不亂，眼裡含笑，懷裡往後仰倒的女人，金髮高盤也是一絲不紊，露肩裸背的桃紅雲裳舞衣層層累累，頭往左後方偏，長翹睫毛藍眼影，笑得優雅。但是杜麗麗知道這個姿態擺出來費多少腰力，那像天鵝般斜後探出的修長頸項，需要多少鐘頭的按摩推拿。

她移步到玻璃大門前，一個穿白襯衫繫紅領結的服務生搶上前開門。一進大廳，她不往舞廳那兩扇金框酒紅厚絨大門走去，卻到吧檯旁坐在了高腳椅上，一個大提包擱吧檯上，掏出維珍妮涼菸，一邊抽菸一邊對著杯櫥的鏡面掠頭髮。服務生小李多少精乖，立即用耳上戴的對講機通知裡頭：「幫杜小姐留一個檯子，舞池邊浪相。」

杜麗麗是熟客了，專跳下午場，國標舞專場。夢憶是新開的舞廳，聽說老闆是臺灣人，老闆娘舞跳得好而且是個紅迷，所以店名裡有個夢字；另有一說，老闆的二奶叫夢娜，夢自此而來；更有一說，店名是請高人算筆畫合了老闆八字才拍板定案的。不管此夢從何而來，這裡的舞池跟百樂門的不遑多讓，裝潢則不走老派舞廳金壁輝煌的路子，而是簡約優雅，鏡牆幽幽反映壁嵌燈火，紅沙發黑檯面，檯上五角水晶瓶裡四季鮮花，夏天送來擱了檸檬片的冰水，冬天是龍井綠茶祈門紅茶，晚場有現場演奏和餐點，四周立了大螢幕，不停播放日本黑池國標舞競賽和表演的帶子，吸引了不少舞齡十年二十年的中年老舞客。來得更多的是海歸、新貴、日本和臺商太太們，就近到舞場來消磨時光，請了舞蹈系專科畢業的年輕舞者伴舞，熱情拉丁和優雅摩登，雙腳踏兩船，搖晃來擺盪去。杜麗麗不一樣，她一心一意只跳一種舞。

能把一種舞練好，也不簡單。國標舞一舉手一投足都有講究，它像劇院裡臺上一分鐘臺下十年功的精緻唱作，而交誼舞則是野臺上粗陋無文的即興演出。杜麗麗曾經誤闖上海那些跳交誼舞的小舞廳，黑壓壓摩肩擦踵，全是中老年人，走起舞步四肢動，頭和軀幹不動，沒什麼視覺美感技術含量。如果那些小舞廳是大眾浴池，浸泡著芸芸眾生，夢憶這種地方就是高級Spa了，小柳這樣說。

一根菸抽盡，一個頎長的身影終於推門而進，笑著朝她招呼：「杜小姐，你來啦！」男人背個包，黑衣黑褲，額頭高闊，眼睛狹長，一頭黑色鬈髮帥氣地攏到腦後。

「小柳。」杜麗麗似笑非笑點個頭，慢慢從高椅裡下來，自己拎了包，帶頭進了舞廳。

兩人一進舞廳，都往場子裡打量，看有沒有熟人，更要看今天的舞客水平高低。舞場是習技之地，更是炫技、競技的地方。場子裡只有五對，四對是老客人了，有一對沒見過，一頓一挫斜步橫行跳著探戈，架勢十足。

小柳眼神銳利盯著場中人，杜麗麗自顧去更衣室換衣換鞋。今天穿的是一條在南外灘訂製的圓裙，長度及膝，白色紫色紅色一瓣瓣，轉起來姹紫嫣紅如繁花盛開，舞鞋是剛從臺灣空運來的包頭紅酒緞兩吋半。圓裙雖美，卻顯得腰粗，舞鞋倒好，可能也是她的腿還沒怎麼走樣。她在穿衣鏡前轉個圈，打量，再轉個圈，還要再轉個圈時，進來一個人。李珊。

「哦，你剛來啊？」李珊身材豐滿，一件黑色細帶直統短洋裝繃在身上，綴著一條條流穗，紫色褲襪，金色舞鞋三吋高。

「小柳晚了。」她在包裡摸薄荷口香糖。

「又晚了，那你要他上足九十分鐘才能走，不需要對他們太客氣！」

李珊語氣中的輕蔑，讓她有點反感。「畢竟是老師，我只看他們教得好不好。」

「小柳還行吧，我那個就有點淘漿糊了，自顧跳自己的，不管我。」

李珊的老師，從舞蹈學校畢業一年多，在舞蹈教室裡專教拉丁，幾次在場裡看他扭腰擺臀臂轉蓮花，把李珊像甩陀螺般甩得直打轉。這些年輕老師曼妙的舞姿，還真是魅惑性感，但他們沒有一個會跳摩登。小柳不一樣，三十出頭，是北京舞蹈學院的全材生，摩登拉丁一把抓，幾次在電視上為嘉賓伴舞。當然學費也不一樣。

「小柳，就是太忙，我想再多排一堂課都排不上。」

「是嗎？」李珊若有所思，「我本來還想，是不是要換老師。」

「他沒空。」話一說出，察覺自己答得太急了，「還是，我幫你問問看？」

「算了，比賽完再說。」李珊已經報名社會成人拉丁組，三個月後在盧灣區體育館比賽。

李珊一定不曉得，小柳是初賽評審之一呢！杜麗麗不無驕傲地想，敷衍幾句就趕緊出去了。

她的新舞鞋踩在紅地毯上悄無聲息，回到他們的檯子，面向舞池的小柳卻像後腦勺長了眼睛說：「看看這對，滿好。」

是那對新面孔，在跳狐步，流暢輕快騰雲駕霧，凌波舞步就是這樣吧？小柳說狐步是摩登舞裡最難掌握的，激勵她學，她總不肯。沒有人只跳一種舞的，他說。有沒有聽過「一往情深」這個詞？她問。小柳笑，是那種見識到代溝的笑容。

杜麗麗對別人的舞功沒那麼大興趣，「剛才遇見李珊，她好像想跟你上課。」注意著小柳臉上表情。

「哦，李珊。」小柳沒說什麼。這裡大家搶學生搶得厲害，換老師也換得兇，但是低頭不見抬頭見，不好輕舉妄動，遇到壞學生，不是那種笨手笨腳拎不清的壞，是那種百般挑剔耍脾氣的壞，那可真是啞巴吃黃蓮。而且，他知道杜麗麗在想什麼。他站起微微欠身，手向前瀟灑一伸，「Shall we dance？」

兩人先在場邊走了幾趟基本步熱身，待到華爾滋樂曲一響，小柳即擁著杜麗麗昂首開步舞去，一二三，一二三。杜麗麗提醒自己，一拍要短，二三拍要長，下壓延伸，企及最高點，鬆落，再下壓……套路已經學完，這幾個星期都在打磨拋光。一支舞曲結束，小柳並不稍停，繼續跳下一支，右手緊貼她肩胛骨下方，左手與她右手交握，杜麗麗感覺身上熱起來，後背開始出汗，盤上去的髮絲抖落了幾綹在臉上，癢得人心神不寧。「頭不要動，功架擺擺好。」小柳像對小學生般。

她吸氣拔開上身後仰，小腹貼向小柳，兩人如連體嬰般，又如一個樹幹叉出去兩根花枝，在舞場裡旋轉再旋轉，一個雙峰點地，她緩緩下腰轉頭，一個婉約略帶夢幻的轉頭……右腿一個踉蹌，小柳把她抱住了。

華爾滋過後是桑巴，小柳不管，繼續帶著她在場裡飛舞，其他的摩登舞客也照舊自練自的。舞客鮮少有能同時駕馭摩登和拉丁者。這時，李珊和老師下場了，他們笑容滿面在場中央，腹部和膝蓋隨著音樂律動，咚咚咚咚，扭胯前進，咚咚咚咚，彈腹向前，只見李珊舞衣流穗碎碎不停搖晃，豐乳肥臀和圓滾的腹部彈跳著，咻一聲，媚笑著從老師胯下鑽過去……「專心！」耳邊響起小柳的聲音。

專心。她收束心神。年紀大了，學舞本來就慢，腦裡有的，身上使不出來，顧此失彼，總是不能教人滿意，偏她還不專心。這不專心的毛病，也是由來已久，早就有人對她耳提面命過了。她那時怎麼會那麼不專心呢？其實不是不專心，是靈魂出了竅，所以，他要說「魂靈桑緊底！」那也是心急衝口而出的老上海話吧？他常說的幾句上海話，至今刻在腦裡，為什麼舞步就虛浮不實，沒有刻在身體裡？三十年後，再來跟這個上海小青年學舞，再來聽他說儂啊，專心！

連著跳了七、八趟，杜麗麗沒有因為熟稔而跳得更好，反而因體力不濟開始頻頻出錯。等到小柳把她送回檯子，她已經汗流浹背，氣喘吁吁了。小柳啜了一口冰水，笑吟吟看她，「回去練了沒有？」

「你，」杜麗麗一杯冰水飲盡，看著小柳往她杯裡加水，喘著氣說，「我，我累死了。」

「基本功不行，你以前不是有基礎的嗎？」小柳促狹地說，拿起桌上的紙巾抹汗。

「你也會流汗啊？我以為你是超人呢！」杜麗麗恨恨拿起紙巾往臉上一抹，紙巾上全是脂粉。真是糊塗了，抹汗把臉給抹花了，幸好這裡燈暗，可能也看不清。只恨年過半百，不化妝就沒「臉」出門。

「你可以開始學新的舞了。」

杜麗麗把蝴蝶夾取下，把及肩的鬈髮重新梳攏盤起，眼睛不看小柳，但她也像額頭上長了眼睛，知道小柳眼光一直沒移開。

「你可以學得很快的。」

「還是把華爾滋再加強吧。」杜麗麗語氣堅決，小柳就不再吭聲了。畢竟要學生多學，相當於要學生多上課，多交錢。

小柳起身去外頭講電話，杜麗麗看著舞池。李珊跳完桑巴，略過探戈，現在跳倫巴，在舞池中央扭擺著，身體時時保持著上下互擰的姿態，特別顯得胸部高聳，臀部圓翹。其他幾對拉丁舞客，男的也是清一色的年輕舞者，舉手投足都是一絲不苟的專業水平，身體像蛇般從頭到腳一波波起伏蠕動，而女的都是中年婦人，個個腳步虛浮，挺著小腹胡扭亂擺，靠著男舞者的引帶借力在場中移動。那一對對一雙雙，怎麼看都像是養著小白臉的婦人，絕望地要留住小白臉的心。杜麗麗嘴角一撇，她是絕不會這樣出醜的。

華爾滋已經學了半年，真的該學點別的？其他摩登舞，她過去也跳過，只是沒下苦功，但是陪老張出去跳跳舞還是夠用的。她喜歡的男人都比她老，快三十歲時嫁了五十開外的老張，十五年後就走了，沒有生個一男半女。現在老公比她大了十來歲，是個舞痴，不是痴迷的痴，是白痴的痴。整十年，她不曾跳舞。願意讓她這樣花錢花時間珍重學習的，也只有華爾滋了。那時跟老張也算夫唱婦隨，但是兩人一跳華爾滋就要吵架。弄不明白你對華爾滋就有這麼多疙瘩？老張也是隨父母流落臺灣的上海人。她喜歡聽他的上海口音。

有很多事老張是弄不明白的。雖然她是真的愛過他，不像對第二個，只是找個有經濟基礎的伴罷了。其實，她曾想對老張說的。答應他求婚的時候，在他病床前，她曾經想說。祕密不能分享，但一天不分享，它一天不安分，滋味時時在變化，夢魘般壓在胸口。又像她這個人，永遠沒讓人完完全全明白過、愛過，因為她有一個部分蓋在祕密的陰影下。老張至死愛的杜麗麗，不是她。

其實也沒什麼。她二十三歲，這一生，她再也沒有比那時更美了，之前，帶著青澀，之後，有了滄桑。就在那一年，她像一朵花綻開，骨肉亭勻，白皙的臉上永遠健康又嬌羞的兩朵紅暈，眉眼如山水盈盈，迷你裙下一雙無瑕玉腿。她在臺灣南部一家美國航空公司的俱樂部圖書館工作。每一天，她都是滿懷期待地醒來，預感生命裡有什麼重要的事情即將發生，而她將因此脫離父母嚴厲的看管，飛向自己的世界。那個公司洋人特別多，他們高大有禮來來去去，借閱雜誌時，總要跟她開開玩笑。有一天，一個洋人邀她參加週五晚上俱樂部的舞會。俱樂部有時會舉辦舞會，只有洋人和主管可以攜伴參加，像她這種小職員是沒分的。她當然去了，穿上最漂亮的洋裝，走進平時放映電影的交誼廳。那天，椅子都靠牆放，天花板拉了線安上水晶彩燈，大家嘻嘻哈哈喝著飲料。燈暗，音樂響起，舞池出現了一對對人影，她好奇地看著他們移動，腳步這樣那樣換來換去。約她一起去的洋人在哪裡？洋人沒有出現，出現的是一個穿西裝頭髮摻灰的老紳士，微笑著，眼睛裡有什麼會勾人。小姑娘，怎麼不跳舞？不會跳不要緊，我教你。

他讓她叫他祈伯伯。後來才知道他是公司的副總裁之一，中英文俱佳，溫文儒雅，比其他洋人主管更有一種紳士風度。如果她知道，標準的華爾滋舞是男女貼著腹部跳，年輕的她一定不敢答應。但那時在舞會上，祈伯伯握住她的手，他的手溫暖厚實，他的笑容誠懇，而她躍躍欲試。他們跳了整晚，她一直因自己的笨拙在發笑。

「怎麼不跳了？小柳呢？」李珊不知何時已在檯邊落坐。

「去打個電話。」她這才察覺小柳已去了一段時間，汗溼的上衣貼在身上久了，都冷起來了。

「你對他真好呀！」李珊話裡有話。

杜麗麗哪會不懂，傳聞很多女學生把男老師當成伴。她淡淡地說：「不用跟小朋友太計較，我是運動健身，不跳足九十分鐘是不會走的。」

「我剛才看到他跟一個女的在講話，八成是在找學生。」李珊惟恐天下不亂，手一指，「喏，就那個。」

是那個倫巴跳得不倫不類的肥婆！杜麗麗正想說什麼，小柳回來了。

「小柳老師，聽說你是上海區國標舞比賽評審？」李珊的笑容讓杜麗麗看了火氣更旺，「什麼時候給我指導一下？」

「先問問你的老師吧，」小柳不想在杜麗麗面前多說，「我這裡還在上課呢。」

李珊吐吐舌頭走了。杜麗麗不等小柳邀舞，率先下池去。

小柳的手是涼的，涼而軟滑，年輕的皮膚，沒有歷練過的掌心。他把她往自己身上一帶，腹部緊貼，她就像要避開對方的索吻似的，上身往後仰頭朝左四十五度。他涼涼的手指輕托她的下巴，調整一下角度，就像開車前調整座位和照後鏡。滿意於座駕的現況後，小柳便發動引擎了。一步跨前，她依順向後，一步後退，她緊追向前。跳舞的時候，他是主人。

彩燈旋轉，朝四面八方投去彩色光束，有時一道特別亮的光束湊巧照進眼睛，讓人有一秒鐘什麼也看不見。

你要完全相信我，讓我帶著你。我不是用手來帶你，是用腹部，貼著它，感覺它。從沒有跟男人有過肌膚之親的她，貼著一個男人的腹部。南臺灣的夏日焚風，汗溼的薄衫。那塊肉溫暖堅實又活跳起伏，頂推她向後，又內縮引她向前，她不禁偷偷轉頭看那塊肉的主人。儂啊！魂靈桑緊底！主人這樣歎道。其實他自己也不專心，不時偷看她一眼，歎口氣。她知道，有什麼事情不一樣了，因為他握住她的手熱得發燙。是這般良辰美景，是這般情意綢繆。

那時他們已經跳了好幾次舞，瞞著她家人，有時在公司舞會，有時在外頭舞廳，他們跳華爾滋，只跳華爾滋，這是他的最愛。他是上海聖約翰大學的高材生，當年多少名媛淑女願意跟他跳舞，他也的確娶了門當戶對的一位。但他說，我最歡喜跟我的小姑娘跳，我曉得她有一天會跳得很出色。歡喜，他總是把喜歡說成歡喜。因為喜歡一樣事，就會歡天喜地？一開始，她沒有察覺到歡喜就是喜歡，甚至是愛，等到明白了，已經太遲。

最後一次在他家客廳，百葉窗吹進七〇年代末夏日的晚風，淡淡的蚊香味，昏黃的燈，沙發前的木板地光可鑑人，他放著一張黑膠唱片。那是一個有草坪的洋房，社區的居民大多是公司的洋人主管。跳了一趟之後，他握著她的手沒放，告訴她，這是最後一次教她跳舞了，因為他辦好退休，就要去美國，太太和女兒早就去了美國，等他一家團圓。去了美國，他說，我要想辦法回上海，回去看看。她不知道要說什麼，只是望著他，那時她還不知道，還不知道這該死的貼著腹部跳的華爾滋，這上升下降潮水般讓人發暈的起落，這手和腳的碰觸、眼光和微笑的交換，已經讓她無法再回去天真無邪的存在。她不知道，之後多少年，他使勁把她攬到身上彼此相貼的這個記憶，會發酵成銷魂勝過性愛的感官經驗。

再跳吧，記住我教你的舞步，將來見面，我們還要跳！他擁她入懷，在客廳一遍遍跳，那首歌她記得很清楚。Somewhere my love there will be songs to sing, although the snow covers the hope of spring. Somewhere a hill blossoms in green and gold, and there are dreams all that your heart can hold. Some day we will meet again, my love...

總有一天在某個地方，我們會相見，吾愛……

小柳一個止步，巧妙避開就要撞上他們的舞客，一派優閒地繼續向前。他擁著她就像捧著一束鮮花，小心呵護，還要展示給所有人看這如花美眷，似水流年。在極難得的時刻，當兩人跳得無比契合，她就又變得年輕柔軟，她就又靈魂出竅，飄回到三十年前南臺灣的夏日，從內裡發出滿足的歎息。

但不是今天。她覺得自己整個洩了氣，腰挺不直，腳步更是錯亂。她最討厭上課的時候有人干擾，她要這九十分鐘安靜專心，兩個人都把心放在舞裡。

「累了嗎？」小柳停步。

「有點。」

「那再練練基本步就下課？」

他們在舞池一角繞著四方練基本步。你進我退，壓步上升下降，我進你退，壓步上升下降。當年祈伯伯就是從基本步開始教起。如果他只是找個年輕女孩排遣寂寞，他不需要這麼認真。他說，我最歡喜跟我的小姑娘跳舞，她有一天會跳得很出色。他沒有跟她要什麼，只是握著她的手，把她攔腰拉近跟他相貼。而她覺得已經把童貞給了他。

帳單送來，直接送到杜麗麗面前。大家都曉得，像這樣男少女長的舞搭子，都是女的買單。杜麗麗買了單，又數了幾張百元大鈔給小柳，小柳把包一背，瀟灑一笑：「杜小姐，我走了，下回還是老時間？」

「老時間。」杜麗麗微笑目送。她不像有些人，下了課請老師飲茶、吃飯，讓老師陪著去推拿，也許還陪著做其他的事。也難怪。當男人以如此瀟灑帥氣的舞姿，托帶著你騰雲駕霧時，誰的心裡不發顫呢？沒有誰比她更了解箇中滋味了。

她緩緩起身，到更衣室去換衣鞋，此時場子裡又開始了華爾滋。疲憊的杜麗麗沿著場邊往前走，沒有回頭。最後一條華爾滋跳過，她的舞伴已經離開了。

首載於二〇一〇年八月號《聯合文學》，收入《中華民國筆會季刊》

碰，恰恰

四十出頭的藍素貞腿很長，讓她看似高了三公分。拜長腿之賜，她走起路來特別有味道，跨出去的步伐舒坦又帥氣。有了這雙行走起來像有話要說的長腿，她從臺南走到了上海。

這天，她蹬著一輛變速捷安特，悠悠跑在市街上，涼洌的晚風中有桂花的香氣，她抓住這絲香氣，把周圍的塵囂拋在腦後，這是她在上海把日子過好的祕訣。剛從菜場裡出來，腳踏車前籃裡裝著鼓騰騰一個購物袋，露出一叢油綠的芹菜葉，袋子上頭一袋雞蛋，顫悠悠地隨著她的車往前顛行。這附近在修路，坑坑疤疤塵土漫天，行人小車和大車全擠在一塊兒。藍素貞一邊在人車間穿梭，一邊不時望一眼籃裡的雞蛋。這新鮮的草雞蛋，她準備一回家就白水煮蛋，剝殼，下鍋跟五花肉一塊兒燉，這是鄰居教她的正宗上海紅燒肉……

一個騎電單車的禿子，斜刺裡突然鑽到了一輛轎車前，轎車為了閃避，砰一聲從後頭撞上了藍素貞。車速不快，但藍素貞整個人飛了出去，趴在了死硬的柏油路上。你不會知道那柏油路有多硬，直到整個人撞上去。它生著許多小刺，一下子全刺到手腕手肘膝蓋和身體各處。藍素貞沒有覺得痛，還沒有，她驚愕地趴在地上，從地面這個角度，看到剛剛在市場裡買的青花菜摔爛，白蘿蔔斷裂，黃糊糊的蛋漬到處都是。有人聚攏來，但沒有人靠近她，只聽到一個男的說，腿斷了。

藍素貞去看自己的腿，左腿從膝蓋以下整個折過去，擰成一種特別不自然的姿勢，牛仔褲溼了一大片，這時她才感到錐心的疼痛，蓋過所有的感覺，從那疼痛的汪洋裡升起一股比疼痛更大的恐懼。她安慰自己，不可能的，沒事的。圍觀的人繼續看著她，沒有一個來扶一把，好像還在思索接下來要做什麼。終於有人過來把她的車扶起，靠在路邊的郵筒，因為那車阻礙了原本就人車爭道的馬路，再加上她倒在這裡，人車更難通行了。

「幫幫忙吧，」藍素貞一開口竟然已經聲嘶力竭，彷彿她剛才一直在哀號，「誰，好心幫幫忙……」她全身顫抖，既屈辱又恐懼，她趴在這污穢骯髒的地上，以為別人自然會來同情和幫助她，可是四周的人只是在那裡竊竊私語，她聽不懂他們在談論什麼。我不會賴你們任何一個人的，我自己付得起醫藥費，請幫幫忙叫部救護車吧！藍素貞想這樣跟大家說，但她只是閉上眼睛雙唇無聲嗡動著。不知道過了多久，也許是三分鐘，或是十分鐘，藍素貞睜開眼睛，圍觀的人少了些，她轉頭再看一眼那以奇特角度擰過去陌生的一條腿。要保住它，保住它！她突然冷靜下來，想到口袋裡的手機，掏出手機的手抖得不像自己的，上頭黏糊糊不知是血還是蛋。這時，救護車響著警笛來了。

出院後，藍素貞躺在床上哭了幾天。哭得昏天黑地，眼淚流進耳朵裡，頭髮枕頭都溼了，她時而無聲抽泣，時而放聲大嚎，死命擰著棉被，如果腳能動的話，她會使勁狂蹬，像小嬰兒般哭得乾噎。她回到了嬰兒時期，除了哭，什麼都不會做，不想做。但是她只有在許獻出門後才開始哭，到了傍晚就漸漸收淚，在床上沉沉睡去。睡醒時差不多八九點，許獻已經回家，帶回晚餐。

她跟許獻的感情本來很好，決定一起來上海發展，從娘家籌措了資本，正讀國中的兒子留給公婆照顧。但是幾年下來，許獻的小吃生意總是慘澹經營，往往收支打平，等於做白工。她是學文的，秀秀氣氣一個人，不喜歡去店面當爐招呼客人，管賬也不行，只能是客串插花，幫不上什麼忙。這樣幾年下來，許獻意氣消沉，兩人感情也不好了。如果她能幹一點就好了，這是他最常講的一句話，人家誰誰誰的老婆，自己都開了好幾家店。所以當藍素貞提出想學舞教舞時，他斷定這只會是個賠錢的投資。上海缺舞蹈老師嗎？她都幾歲了。沒想到一年後藍素貞真的教起了舞蹈，在小區會所裡租了木板地兩面牆鏡的教室，學生都是像她這樣的中年婦女，她為大家量身訂做的舞蹈運動，竟然頗受歡迎。

現在她腿斷了。醫生說了，即使以後能走能跑，也絕不能再跳舞了。許獻很自責。當初她想以舞蹈為職，他不支持，現在，她竟是連跳舞都不能了。更讓他感到自責的是，一位命理大師告訴他，有個親人替他擋了個大災厄，接下來有後福，他的生意就要風生水起。

許獻沒告訴老婆高人說的話，只是反覆說著不幸中的大幸啊，腿斷了還可以接好，沒有別的外傷，沒有腦震盪……有腦震盪倒好，藍素貞想，就不會記得跳舞的事了。

從小，藍素貞特別高興或難過的時候，都會自己在院子裡跳舞，身體這樣伸展那樣轉扭，手這樣伸出去，腿這樣縮進來，縱躍時感到拂面的風。那些舞步那麼自由，就跟雲南楊麗萍的孔雀舞一樣，是隨興跳出來，是跟大自然飛鳥魚獸的親密對話。臺灣那時有個「八千里路雲和月」的電視節目，率先到中國采風，主持人驚訝於楊麗萍竟然常不記得自己的舞步。這有什麼奇怪的呢？電視機前的她這樣反問。但她沒有成為楊麗萍那樣的一個專業舞者，一派宗師。她藍素貞只是個愛跳舞的人，跳著沒有章法未被認證的舞，自得其樂。正因為如此，失去舞蹈後，只有她一人了解失去了什麼，只有她一人哀悼。別人看她，還是藍素貞。

失去香味的玫瑰，還是玫瑰嗎？

小菁頭一回見藍素貞，覺得這個臺灣太太一點架子都沒有。後來知道，藍素貞並不像她表面上那麼沒架子，她的架子是擺在裡頭的，那種講究和區分，不是一眼就看得出，要一段時間後慢慢體會。

一星期六天，下午兩點到五點，打掃衛生兼煮晚飯，肉菜都是前一天藍素貞寫好紙條，讓她第二天到市場去買來。買菜的時間，不算在工時裡，但是藍素貞給的菜錢很寬鬆，從不查問，小菁就做下來了。

跟其他鐘點工比起來，小菁年紀小點，只有三十出頭，笑容多點，一笑起來眉毛彎彎，嘴咧開半張臉，看起性格溫順好商量。其實小菁的脾氣特別倔。嫁的老公是家裡反對的，兩個人跑到上海來打工，老公在工地裡幹活，她當鐘點工，一天做兩三家，掙的錢比老公多，回家都是老公買菜燒飯。她聽說東家找人找了很久，換了幾個鐘點工都不滿意，現在選中了她，不更證明她的能耐？

小菁不知道，藍素貞看上她的，不是做事俐落，是她那腰身那雙腿，拿著拖把，腰胯一擺，一腳緊壓向地，一腳向旁滑去的模樣。小菁拖地走神了，練起了腳功。藍素貞坐在沙發上看她來去忙碌，手緩緩揉膝。

藍素貞不喜歡講話，從不找小菁聊天，不像別的東家，做一兩個禮拜就能把底細摸個大概，哪裡人，家裡人都幹啥的，有什麼特別的煩惱或得意事。這一點小菁很不習慣。她的嗓門大，一根腸子通到底，喜歡把自己的事說給別人聽。她想，你不說，我說總可以吧？她看藍素貞腿不方便，一到寒溼天候就拖著腳走路，平時也很少出門，肯定心裡很悶，所以越發要說給她聽，說自己住的大院裡的事。院子住的都是江西同鄉，上星期天大家休息，吆喝著搓麻將，湊了五桌，她老公手氣好得嚇人，連贏幾圈，八百多塊錢呢，抵上半個月工資了。她更說以前和現在不同東家的故事。一個東家也是個臺灣太太，第一個孩子是抱來的，前陣子回臺灣去做了什麼手術，回來在床上躺了很多天。一個上海東家，看不起她是鐘點工，不讓她用家裡的廁所大便，鐘點工大便就比別人臭？還有個東家，老公喜歡喝酒，酒醉撒尿撒得廁所到處都是，清醒時卻有潔癖。這些故事她講也講不完，藍素貞臉上總是淡淡的，有時她正講得起勁，藍素貞就緩緩起身，到別的房間去了。

小菁碗洗好地拖淨，把外頭晾著的衣衫收進來，三兩下疊好，收進五斗櫃。她聽著藍素貞沒動靜，猜想可能又在那個房間裡，坐在裡頭唯一的籐椅上發呆。這個房子是三室兩廳，一間臥室，一間是許先生的辦公室，還有一間南向的房間裡有很大的衣櫃，堆著一些紙箱和鞋盒。平日，藍素貞只讓她把房裡的地板拖乾淨。她發現，藍素貞常在那個房間裡。在那沒有電視沒有桌子沒有床的房間裡，真想不出能做什麼。有一次有人送貨來，她敲開了那扇門，藍素貞坐在房裡唯一的籐椅裡，看著她，像不認識她。

小菁跟老公說，那個臺灣太太肯定是有什麼傷心事，你看她活得那麼不帶勁，聽說她老公生意做得紅火，開了幾家餐飲連鎖店，她臉上卻總是一副要死不活的表情，我看，她肯定是死了孩子了。

她看過一張全家福，就掛在那個房間牆上。那個孩子看起來就十來歲，跟藍素貞一模一樣的尖下巴。是這個兒子死了嗎？她在五斗櫃底層發現幾件男孩子的衣服，書架上還有一些漫畫書。兒子養到這麼大，突然死了，難怪她要痛不欲生。

天氣暖和了，折磨了藍素貞整個冬天的腳傷，不再隱隱作痛。獨自吃過晚飯，她出來沿著小區外的紅磚道慢慢往前走，一旁的報春花枝條鋪滿嫩黃的小花，空氣中一種春天特有的清芳，引她繼續向前。經過那家以前常光顧的水果攤時，老闆娘叫住她。

「喂，你好了？」福建來的老闆娘一邊把香蕉掛上鐵勾，一邊打量她的腳，「可以走了。」

「嗯。」她不想多談。

「那時候，是我打電話叫救護車的。」

「哦，是你叫的，謝謝，謝謝！」

「今天的香蕉不錯哦，要不要？」

「好，我待會兒過來買。」

藍素貞再次謝過老闆娘，繼續往前走。她現在走路特別慢，像個老人。她想到初秋時，騎車經過這裡，轉眼都半年了。車子沒修，現在還鎖在小區地下室停車場。砰！她耳畔還有那個聲音。那是冰冷鋼鐵撞上血肉之軀。砰！仔細聆聽，不是金屬和肉身的相撞，是汽車保險槓撞上了腳踏車後輪，腳踏車就像受驚的馬騰空把她拋出……

人行道上一頭血肉模糊殘肢斷骸的羊。路旁賣涮羊肉片烤羊肉串的店家正忙碌，在店前就地動刀支解，她避開了那灘血污，轉進一條小路。夾道梧桐褐色樹幹上一塊塊脫皮後的白斑，像身上長滿了癬，又出去的禿枝吐出一點一點的青芽，又像石頭上生了苔。長長梧桐路的盡頭，是一個社區公園，傳來由喇叭播送的舞曲，碰，恰恰，碰，恰恰，音樂的鼓音如此分明，打亂了她記憶裡慘痛的砰一聲響。她不由得往那裡走，看到入門處的石灰空地上，男男女女成雙成對跳交誼舞，倫巴、恰恰恰、華爾滋、布魯斯、快四步，一首接著一首。

住在附近的老人，平日無事，把跳舞當晚間運動，也有那年輕時候總是流連舞廳的老人，下崗後沒有多餘的錢去舞廳逍遙，湊和著在這裡跳舞，收了不少女學生。藍素貞看到一個長椅上還有個空位，過去坐下休息。

天色未晚，一對對老人慢悠悠地跳著，他們的身體僵硬，微微動著手，腳像在走路一樣，卻有一對男女活潑地穿梭全場，動作做得很大很足，舞姿特別引人注目。男的一頭銀髮，腰板挺直，穿著條吊帶褲，舉手投足一看便是舞場老手，女伴也不遑多讓，穿著條紅裙子，長髮披散，腰臀款擺，很有幾分風情，在吉魯巴樂聲中俏皮轉出裙花。藍素貞以為自己眼花了，但那個笑咪咪盡情歡舞的女郎，竟然是小菁。

「噢喲，哀個鄉下人哪能尬輟氣！」一旁邊的阿婆說。

她轉頭，原來阿婆是在跟一旁的老先生說，說那個鄉巴佬怎麼那麼惹人厭。

老先生低聲勸：「儂勿要響。」

「儂勿覺得伊輟氣？儂覺得伊老嗲，是伐啦？」阿婆生氣了。

老先生閉嘴不再搭腔，但是阿婆嗓門更大了，像要說給所有的人聽，「格外地人尬十三點，私家跑來把牢老師勿肯放。」這不屬於他們一份子的外來者霸占老師，阿婆的眼睛像要射出毒箭，死盯著場中舞動的小菁。

江西人，鐘點工，三十來歲，眾星拱月的老師偏愛這個腰肢靈活的新學生。這些都讓這個阿婆難以忍受吧？藍素貞環顧四周，果然看到了幾雙帶著同樣敵意的眼睛，對準了舞場中央這對男女。她再看小菁，發現自己從沒好好看過這個天天在眼前轉的人。她知道伊身手俐落，但不知她有這麼好的律動舞感，她知道伊兩腿有力，但不知它們能熟稔踩出舞步。她知道伊愛笑，但不知道伊笑起來這麼有自信有魅力。伊的舞感跟她一樣是天生的，只是她修長優美，伊嬌小強健。她經過一年辛苦的學習，增加了許多律動的技巧，而伊是一塊璞玉，憑著感覺在跳。

銀髮老先生帶著小菁一支跳過一支，無視於周邊怒目以視的老學生們。這些人，這些酷好看戲無情排外的人！藍素貞冷笑一聲。可就在這一笑的瞬間，她突然感到一種強烈的渴望，對跳舞的渴望。車禍後，她就不允許自己再動跳舞的念頭，能丟了柺杖走路，就要謝天謝地了。但她忍不住問上蒼，為什麼要奪去她跳舞的能力？好像才不久以前，她還因為跳舞的美好，感覺到神從雲端伸手摸她的頭。現在，她不是下凡當普通人，是打入地獄當畸零人了。她看小菁的舞姿，看得出神，直到夜幕低垂，模糊中看到小菁謝過老先生，走到一旁去取電單車。

小菁在客廳燙衣服，蒸汽熨斗壓到長褲上，吃吃冒著熱氣。她一邊燙衣服，一邊說著昨天早上一雙半新不舊的球鞋，洗乾淨了晾在窗臺上，回家時就不見了，他們那院子啊，一天到晚丟東西……藍素貞連頭都沒抬，在看她那本紅書，上下兩大冊，一會兒翻到前面，一會兒讀後面。小菁識字不多，這樣兩大冊書，要看到什麼猴年馬月。

「如果黛玉不能吟詩，她還是林黛玉嗎？」

「啊？」

「小菁，」藍素貞突然抬頭看她，「你下了班都做什麼？也打麻將？」

「我不打麻將。」小菁很興奮，藍素貞主動找她聊天了，「回家天就晚了，肚子餓了要吃飯，吃了飯看看電視就睡覺了。」

「你喜歡做什麼？我是說，嗜好。」

「我？」小菁熨斗往長褲上一放，思索著，良久，藍素貞想那褲子是不是要燙壞了，她才突然拿起，擱到旁邊架子上。「我這個人也沒什麼嗜好，就，沒，沒什麼啦。」

小菁拖地，一路拖進了那個房間。三兩下拖乾淨，本想掩上房門，猶豫了一下，還是輕手輕腳打開了那個巨大的衣櫃。衣櫃一開，小菁傻眼了。滿櫥滿櫃，全是舞衣。緊身的上衣、長褲，各種面料、花色、或長或短的舞裙和小禮服，鑲亮片穿珠子綴蕾絲荷葉邊蝴蝶結應有盡有。這裡簡直是個舞衣專賣店！小菁眼珠子都要掉下來了。瞞著老公下了工去跳舞，也跳了好一陣子，最好的行頭不過是路邊攤淘來的一條紅舞裙。那邊年紀比她大的阿婆們，天氣一暖，也換上裙子，怕不都有五、六條？不穿裙子，穿像這種寬腳褲也時髦好看，她輕撫著一條發亮的黑色真絲喇叭褲。小菁發現，這個東家最讓人羨慕的財富，都在這裡了。她小菁，不要這個三房兩廳的房子，不要那個四十二吋液晶電視，不要席夢思大床真皮沙發，她小菁就想要有這麼一個衣櫥，可以打扮成各種模樣，每一種在舞場上都是眾人眼光的焦點。

藍素貞總是站在圍觀的人群後，從縫隙裡窺望小菁跳舞，等到天完全黑下來才找位子坐，那時場中的小菁已經看不到她，而她還能追隨小菁舞動的姿影。她不需要看清楚每個舉手投足，這些簡單的舞步她一看就都記得了，她只是要看小菁跳起舞來生氣盎然如花綻放的模樣，宛如被身體律動帶到一個更美好的世界。跳舞時的小菁不是打掃衛生洗衣燒飯的小菁，她飛起來了，帶著藍素貞一道。

小菁跟老先生說了再見，笑嘻嘻走向停車處，藍素貞也站起來，慢慢朝大門走去。

「小姐？」

她回頭。竟是那個銀髮老先生。

「要不要跳支舞？」

藍素貞一愣，「我，我不能跳。」

「不要緊，我教你，很容易的。」老先生笑得和藹，「看你每天都來，肯定是有興趣。」

「謝謝，」藍素貞轉開頭說，「我不能跳。」不能跳，不是不會跳，懂嗎？

「咦，做啥？」老先生怫然不悅。

藍素貞對這先禮後兵有點錯愕，卻見老先生往停車處那兒趕去，小菁跟兩個婦人吵起來了，正嚷著，突然就被推到在地。老先生趕到，兩個婦人回頭就走。藍素貞看著小菁被扶起，悻悻拍打著衣裙。藍素貞心跳得很快，不知是為了老先生的邀舞，還是小菁的被罵。

連著幾天，小菁都沒去跳舞。只要一走近小公園，藍素貞就能感受到那個舞場裡有個空缺，那裡的磁場減弱了許多，天堂已經消失了。來上工的小菁，無精打采，一句廢話也沒。

到了第七天，小菁默默在燙衣服，低頭看書的藍素貞突然說：「不跳舞的小菁，還是小菁嗎？」

「啊？」

「沒什麼，我有包舊衣服，你帶回去你們院子，誰要就給誰。」

藍素貞從房間裡拿出一只袋子，小菁懶洋洋接過來，一打開，眼睛突然放光。

那天傍晚，小菁走後，藍素貞飯也不吃，匆匆換好衣服出門。沿著小區外的紅磚道往前走，嫩黃的報春花謝了，現在粉紫的杜鵑開得正豔，看慣她來去的水果攤老闆娘不再叫住她，羊肉店前圍著髒圍裙戴小白帽的新疆師傅在抽菸，梧桐樹的青點變成綠葉，她離小公園越來越近，樂聲隱約可聞。這段路好像變短了，或是她的腳力有了長進？不論如何，她知道小菁會在那裡歡樂起舞，穿著她美麗的黑色紅條大圓裙，粉紅灑金點百褶縐紗裙，或是天藍色荷葉邊短裙。

藍素貞走在梧桐道上，跨出去的步伐舒坦自在，黑色真絲的喇叭褲隨之輕曳。那也是一種舞蹈，真的。

首載於二〇一〇年七月號《幼獅文藝》

雙人探戈

老范的日腳，本不會跟臺灣太太有搭界的。

井水不犯河水，彼此人生的軌跡相差十萬八千里，不僅是上海和臺灣的空間距離，還有七十來歲及五十來歲的年輪代溝，更甭提一個是水裡來火裡去閱人無數的老克拉，一個是平凡守分溫室裡生長的家庭主婦。這兩個來自不同星球的人，卻莫名其妙被一條銀河給牽上了線。

說得好像有點曖昧。誰說一個男的遇上一個女的，就一定會有曖昧？但它還一定就曖昧，因為老范最善於營造一種浪漫的氣氛，最知道怎麼說怎麼笑，眼神怎麼勾轉，能讓面前的女士心旌蕩漾，不管是芳齡二十的小姑娘，還是跟自己一樣白髮多過黑髮的阿婆。但是那曖昧也不一定是你想的那種。

老范就住在上海水城路一帶某個所謂的「文明小區」。那一帶已陸續被日本人臺灣人入侵蠶食，一個個新建的高檔小區配有會所綠地和大門警衛，一間間日本居酒屋克拉部，臺菜店及臺灣小吃。走在水城路，他彷彿到了異鄉。唯一讓他心安的是他住的小區，多少年來維持著同一個面貌，白色的外牆風吹日曬成糞土污黃，大門外的小塊綠地上堆滿雜物，盆盆罐罐種了些蒜苗香草，外頭停了一排腳踏車，少數人家門口停著小轎車，公共樓梯間燈泡不亮，玻璃窗破了幾塊，連長竿伸出去晾曬的衣服，也顯得面料粗糙，特別寒磣。但是這裡安靜。真的，老范每次走進自己的小區，都訝異於這裡跟外頭的差別。外頭，就在一條街之外，是那麼車水馬龍市囂不斷，一走進這裡，怎麼時光倒退了二十年，什麼都緩下來，安靜下來，不慌不忙。就連這路邊的牆草，隨風搖曳都帶著韻致。二十年前初搬來時，這裡是被人羨慕的時髦小區，老友們都還擠在擁塞污暗的石庫門，他就搬到了這裡。他總是那個最快接受新事物、擁抱新變化的人。老友都說，小范啊小范，儂來塞，花頭經老透啊！

再怎麼物質貧乏的年代，他也能穿得整整齊齊，跟別人一式一樣裡，從領口袖口這兒那兒一點一滴翻出講究來，只給內行人看。多少個運動，他都避開了大浪頭，從沒真的傷筋挫骨，就像這路邊的草，勁風來了彎彎腰，風過了又腰桿筆直。到現在，要過七十四歲生日了，他的腰桿還是挺直的，一頭銀髮，常年穿條吊帶西褲，燙得筆挺的襯衫，擦得鋥亮的皮鞋，挺頭挺胸走在馬路上，他老范還是很有看頭的。

說有錢，他沒什麼錢。除了這套舊的一室一廳，跟他年紀相當的老傢俱和即將報廢的家電，醒目擺在櫥架上的古董唱片、留聲機和老相機——不是收藏品，是他青春歲月的紀念物（沒人知道這些東西怎麼沒有在幾次運動裡給搜刮一空），此外身無長物。但是那些老東西都是有來歷的，就跟他給人的感覺一樣。如果你有機會到他小屋裡坐坐，可以聽到很多故事。他不談工作和出身背景，只愛吹什麼時候在哪裡看過的一場熱鬧，跳過的一支舞，吃過的一頓大菜。這熱鬧這舞蹈這美食，當年人人愛聽，剛從翻天覆地的運動裡熬過來，什麼主義啊黨啊建設與破壞都膩了，只想把眼前的小日子過好，一個繁華的老上海，由見證人活生生帶到眼前來，怎不教人懷念嚮往。經過數十年清湯白水的日子，新的繁華來了，來勢洶洶，沛然莫之能禦。有了新的繁華，老克拉的故事就真的翻頁進入歷史了。但是老范還腰桿筆直（歸功於多年的舞功和私人的講究），還未進入歷史，老聽眾跑了，他還能「花」來一些新聽眾，最多的就是跟他學舞的女士們。女士愛聽故事，不管是窮是富。他現在講故事總帶點懷舊的傷感，還有一絲嘲諷，以瀟灑的手勢，多情帶笑的眼睛（年輕時一雙桃花眼，現在一笑就布滿魚尾紋）娓娓道來，跟他煮的黑咖啡一樣，很香，很苦。

靠著一點退休工資，老范還是過得有滋有味。鄰居們每天看他穿著整齊，走進走出，小屋裡也不乏訪客，女客居多。同齡的人早就背駝氣衰，冬天在屋子裡孵著，湯婆子渥在懷裡打瞌蟲，夏天敞開門窗，一件汗衫一把蒲扇趕蚊子，只有老克拉活得像個人，像個男人。他們總結一句，老范啊老范，路道粗，花頭多來兮。

老范的一世英名，卻差一點毀在這個姓杜的臺灣太太手裡。

就跟著老范稱她小杜吧。小杜住在附近的涉外高檔小區，這天下午，她到臺菜一條街來吃飯洗頭，然後到便利商店買咖啡奶精。買好後，沿著馬路漫無目的往前逛去，便到了剛整修得煥然一新的文化中心，外頭掛一長條紅幅寫著奇石展。小杜對石頭沒感覺，除非它們能發光。長日無事，她還是走進去。

一進展覽會場，小杜就後悔了，只有她一個參觀者，講解員一路跟隨。奇石都很大，樣子千奇百怪，顏色也多變，依據造型冠上名稱，太極、駿馬奔騰、蓬萊仙島，還有座八仙過海，簡直無奇不有，也不知是否真的天然。小杜想到還是雲英未嫁時去蘭嶼玩，導遊指著海邊一個有洞的巨石說叫玉女岩，當時她百思不解。每個奇石前的名牌上都有標價，動輒五、六位數。講解員看她的舉止打扮，跟前跟後特別熱絡，說奇石可以鎮邪，擺在家中增添氣派。要把這麼個幾噸重的石頭放在客廳，那客廳也不能是一般的客廳。

走了一圈，看小杜只是微笑點頭，並未對任何一塊石頭表示興趣，講解員指著一個鑲在金屬座上巴掌大的石頭，彷彿是兩個相擁的人形，一邊的手筆直長伸，要不您買個小一點的，擺在茶几上也好看。她一看，牌子上寫著「雙人探戈」。為什麼是探戈不是華爾滋？她仔細端詳。因為石頭剛硬嗎？相較於她所鍾愛的華爾滋，探戈充滿了拉扯抗衡，男女相互叫板。售價……

沒來得及問售價，講解員已笑容滿面向外迎去，門口走進一位滿頭銀髮的老先生。肯定是什麼大買主囉？小杜不由得特別留意，沒想到來者眼睛瞟到她，竟然在她身上略停，而且微笑著對她微微頷首，一派紳士風範，然後才跟講解員用上海話說了幾句。小杜聽不清他們說什麼，但是老先生幾句話，說得講解員眉開眼笑。老先生說完本來要走，卻改變主意往她這裡走來。小杜這才發現，自己一直盯著對方，是她大膽好奇的眼光把對方引過來了。

「儂好，阿拉勒拉啥地方碰著過？」老范彬彬有禮開口了。

「我想沒有，沒見過。」小杜說。她剛捲過的鬈髮在臉龐兩側恰到好處修飾著臉部線條。

「是嗎，怎麼這麼面熟，這麼好看的笑容，我肯定在哪裡見過。」老范說。這是他最常用來稱讚女士的話，不是稱讚對方的頭髮五官肢體，是笑，是神情。再怎麼皮肉老皺的女人，也相信自己笑起來好看。

我在笑嗎？小杜暗驚，對一個陌生的上海老頭？其實，公平一點講，這個人雖然滿頭銀髮，跟老頭是不搭界的。他臉色紅潤，腰桿挺直，而且還雙眼放電。要說老頭，是家裡那個吧？

文化中心裡有交誼舞廳，下午場兩點到四點，老范常帶著女學生來跳舞。新裝潢好的舞廳，仿外頭夜總會的腔調，裝了吧檯（主要提供熱茶水）、沙發，柚木地板的舞池被擠得只餘一小塊，天花板上一個巨大如鐘的銀色轉燈，照著底下的舞客彷彿夢遊。小杜反正沒事，有個像老范這樣的地頭蛇領路，她就把三層樓的文化中心給走了一趟，跟著老范向裡頭的主任辦事員阿姨等打招呼。她發現，老范的人緣不是普通的好，那些阿姨們從領導到小職員，看到他也像那個解說員般眉開眼笑。老范總是拿自己開玩笑，讚美著對方，雖然那些讚美稱不上貼切，更不含蓄，對方總是嗔笑地照單全收。

此人是誰？新學生？也有人問起小杜。老范總是忙不迭地搖手，這位是新認識的朋友，人家是臺灣人。

「臺灣人哪能啦？儂吃伊勿落？」辦活動的小姐，跟老范沒大沒小地笑鬧。樓下講解員就是老范介紹給她的。那小姐一張五角臉，高高的顴骨，戴一副雙色方框眼鏡，看起來精明。她轉向小杜用普通話說，「范老師在我們這裡是最有名的老師，你要跟他學跳舞，不要太好噢！」

小杜看向老范，老范也看向小杜，兩人同時轉著一個念頭：有沒有可能？

老范討女士歡心，已經成為一種反射動作了。從十幾歲的小夥子，歷練到今天，他早已成精。在他的圈子裡，還沒有哪個女士他擺不平拿不下。就像鮮花和蜜蜂的關係，老范深信，這些盛開知名或不知名，玫瑰般嬌豔或菊花般淡雅，甚至是野花般不起眼的女人，只要是花，它就等待著蜜蜂。他老范作為一隻從不怠工的蜜蜂，出入過多少女人的心房，雖然沒有一個長留身旁，因為他不是死認一朵花的蜂，但他曾吸取過多少醉人的花蜜呵，午夜夢迴，為了自己做出的浪漫事、薄倖名，既傷感又滿足。

但是這回這朵花，可不是他輕車熟路就能擄獲芳心的。這是生在臺灣的花，一位臺灣的貴太太。真的吃伊勿落？老范的鬥志被燃起了。老話一句，天下的花都待蜜蜂來採，這位也不會例外。

小杜被老范的眼睛，看得調轉了頭，臉微紅。這個老男人。她發現自己也像那些上海阿姨一樣，啐罵著，又高興著。

但是小杜沒有接受老范的邀請，進舞廳去跳上一曲。交誼舞可以不貼著身，手總要給人握著吧，另一隻手也能藉機在後背上做功夫。再說了，今天的鞋子不對，而且，那個舞廳有點怪。

老范天天下午到文化中心報到，每跳幾支舞，都要去外頭繞繞。那個臺灣太太卻消失了。他對小李和小陳兩個學生，還是殷勤有禮，但是他自己卻感覺不到花的香、蜜的甜了。這天跳完舞，小李提議去隔街的港式飲茶喝下午茶，那裡是他們以前常去的地方，兩碟點心，一壺龍井，可以坐上半天。他託言有事要先走。小陳在旁說，不如明天去喝咖啡，有家臺灣人開的咖啡館，情調滿好，還有一種紅豆鬆餅，味道不要太好噢。他也搖頭。他像個紳士般欠身，說還是改天請兩位到我那裡坐坐吧。小李小陳微笑，再約吧。她們都喜歡去老范那裡，想著要怎麼擺脫另一個，得到老范所有的關注。

老范走在馬路上，有點百無聊賴。突然一陣香風吹來，飄來一句軟甜的臺灣國語：「范老師，你好。」怎麼有人到了這年紀，講話還這麼嗲聲嗲氣？老范擺出嚴肅帶著一絲悲傷的面孔，對著眼前的這張笑臉。

「不記得我了？」小杜笑。

「怎麼會不記得？」老范說，「小杜，你這幾天都到哪兒去了？」

「哎呀，我這幾天倒楣了，全球股市大跌……」小杜住了口，沒必要跟他說這些吧？雖然覺得這個人挺有趣。

「你也炒股？」老范說，「我曉得幾支牛股，可以給你作參考。」老范不炒股，但要吹出一套股經卻是輕而易舉。

兩人邊走邊聊，不知不覺走到了老范的小區前。「我就住這兒，要不要上來坐坐，我有很多上海的老照片。」

「你一個人？」

「吾和一隻貓同居。」

「今天不行。」小杜說，「我還有事。」

老范再加把勁兒，表達自己的關心，「炒股要當心，一套牢，菜錢都沒了。」

「沒事的，我先生拿了五百萬給我玩玩……」小杜話一出口，便覺失言。這句話她常跟朋友們講，大家都被股市套牢，笑鬧慣了。

老范臉上還笑，但眼睛裡閃過一絲絕望，他不再殷殷望著小杜，好像要用眼光把她圈住，而是很快地揮手道聲再會，轉身進小區了。他移動起來像隻貓，悄然無聲。

小杜五百萬的玩笑話，把老范嚇醒了。乖乖隆地咚，他老范是吃飽了撐著，去招惹一個這樣的貴太太。恐怕連請她吃飯的錢都拿不出來。他想到十幾年前見識過的一個臺灣太太。

十幾年前，那時上海跟現在可不一樣，百廢待舉，他正忙著重拾舞藝。有一回老同事們在上海最有名的海鮮樓吃飯，反正是單位開銷，大家放開肚皮吃，尤其是大閘蟹。大閘蟹人人愛吃，那時價錢還沒漲到現在這樣。總之，上海的一些好東西，大閘蟹也好，房子也罷，都被臺灣香港人炒得比天高。十幾年前，一人兩隻大閘蟹，就吃得齒頰留香心滿意足，可以跟別人誇耀了。突見兩個侍者伺候著一個貴太太走來，貴太太一坐下開口就要了六公六母一打大閘蟹。大家你看我，我看你，不知道她葫蘆裡賣的是什麼藥。一刻鐘後，大蒸籠來了兩個，侍者開籠，裡頭伏著一公一母兩隻橙紅紅的大閘蟹，貴太太伸手拿來，螯腳一一折斷放在一旁，兩手一扳剝開蟹背，低頭一門心思舔吮膏黃。兩籠吃畢又來兩籠。如此這般，六籠十二隻大閘蟹膏盡黃乾，肉都啖光，蟹腳打包帶走。貴夫人走後，大家趁著幾分酒意，喚來侍者，侍者說此人每到此節，就從臺灣飛來吃大閘蟹，一吃就十隻一打，蟹腳不及吃，帶回當點心，真是個蟹痴。

當時大家都搖頭冷笑，臺灣人就是巴，大閘蟹要細細品嘗，狼吞虎嚥無異焚琴煮鶴。他太了解這種嗤笑了。在那個大多數人都捉襟見肘，靠著單位才能出去打牙祭的年代，這種不為擺譜只為自己喜歡的豪奢吃法，對大家造成多大的震撼，多大的威脅。這成了老范常講的故事之一。他老范也嚮往這種豪奢。如果可能，他也要盡情享用所有對他有情而他也有意的女人。一般人只吃一、兩隻，有的人可以一口氣吃一打。

可是現在，他想到這個狂啖大閘蟹的臺灣女人，卻覺得說不出的鬱悶了。回到小屋，每天下午必有的點心咖啡，也無心調弄。白底黑紋的咪咪，臥在窗臺邊，冷冷看著他發愁。咪咪，來，咪咪？連貓都不理他。他是個沒人要的孤老頭啊！老范把頭抵在靠窗的小圓桌上，往日的豪情銳氣都消散了。七十四了，還能花多久？他自怨自艾。

小杜的樣子清晰萬分地浮現眼前：雙排扣復古式米色風衣多麼合宜，說話時鬈髮在臉邊輕晃多少風情，她的眼睛因懷疑而生動，表情因冷淡而有魅力，小腿勻稱修長，穿著那雙美麗的短皮靴，顯得腳步輕盈。他要讓這樣的一個女人為他動心。

約她出去。去哪裡？老范不愧是老克拉，知道西餐這種噱頭，對臺灣太太不起作用，人家搞不好天天吃西餐。泡高級咖啡館？他懂行情，一小杯咖啡就要五十元，還不能單請咖啡。上舞廳，那也要高檔如百樂門吧？那裡哪能隨便進去，一不小心就被扒一層皮。送禮物？那些手機鍊條、真絲巾、小荷包之類的，送送小李小陳還行，拿來送她，不讓人笑他小兒科？想來想去，還是請到自己的小屋來。他的小屋有情調，又實惠，進可攻退可守。

老范在那裡傷透腦筋，卻不知小杜的心思。其實小杜先後嫁的兩個男人，年紀都比她大得多，她比別的熟女更看得出老范是個寶。經過歲月洗滌渲染的成色，辛辣成熟卻又脆弱天真，隨時準備拜倒在石榴裙下，奉上一顆熱騰騰的心，卻又發乎情止乎禮，自嘲自謔總能化解尷尬。這樣的男伴，還真的可遇不可求。

小杜沒有多給老范一個微笑、一個眼風是有原因的。倒不是顧忌老公。老公除了生意，什麼都做不了了。有時她覺得，老公只是帶著她出門充充門面，就像讓她陪著躺在床上做做樣子。她考慮的是，這是個上海男人。她不知道這個上海老男人，會不會有什麼目的？除了她這個人以外的目的。

老范小杜的第三回合交鋒，發生在書報攤前。老范不買報，每天早上到街口的書報攤翻翻《東方晨報》，傍晚再翻翻《新民晚報》，上海大小新聞翻不出他的手掌心，這全靠跟賣報阿姨的交情。這天傍晚，老范正翻著報，聽到了那軟軟甜甜的臺灣國語：

「《新周刊》有嗎？」

可不是她嗎？老范喜出望外。小杜也看到他了，「這麼巧。」

「我就想著，也沒有你電話，天涯海角去哪裡尋人？」他語氣誇張地說。

「范老師找我？」小杜忍著笑。

「對，我要過生日了，請你來吃蛋糕。」

「我……」看著眼前這張笑臉，小杜一時不知如何拒絕。這個人到底想做什麼？總不會真要追求她吧？她的結婚鑽戒好端端亮閃閃戴在指頭上。手機叮噹響一聲，教她跳舞的老師發來短信，說要暫停上課，因為最近有參賽的同學需要加緊練習。小杜心一沉。

「小杜，怎麼樣，能賞光嗎？」

「好吧，在哪裡？」

「我住的小區你曉得的，三樓一室，星期五下午三點，一定要來。」老范說完就走，怕她改變心意。

一週裡的時光，老范最喜歡星期五，那是週末的開始，街上氣氛特別熱絡，人心特別自由。這是為什麼他約小杜星期五來。他把小屋收掇整潔，廁所裡換上雪白的新手巾，窗邊圓桌鋪上那條手織的白桌布，端出最寶貝的兩組咖啡杯，銀湯匙擦得雪亮。他穿上了最好的襯衫長褲，繫上一條花領巾，選了一張摩登舞曲，先就在屋裡轉起圈來。咖啡壺在爐上咕嚕嚕響，咪咪冷冷看著主人發痴。

時間到了，小杜沒有來。老范在窗邊望眼欲穿。不會被放白鴿了吧？臺灣女人，他畢竟是吃不準。

三點一刻，小杜出現了。

小杜一進小區，就渾身不自在。她沒來過這種地方。危險嗎？可能。還繼續嗎？為什麼不。這幾天她心情惡劣。過去大半年來，每週都讓老師陪著練華爾滋，沒想到老師突然拋棄她了。是她自己堅持不肯參賽，老師為了賺學費拉抬知名度，替參賽學生護陣也是無可厚非。但小杜就是揮不去那種被棄的感覺。是她投入太多了？還是他太無情？

她自然倒向了另一個張開雙臂的有情人。她是不是太大膽了？根本不知男人的底細（怕什麼，難道這個老男人還能勉強她？）不過是萍水相逢，她沒準備出牆，也不會跟這種人出牆（好就好在萍水相逢，都五十幾了，還在等什麼？）

老范在窗邊看見小杜走過來，心開始急跳（是兩年前裝的心律調整計故障了？）這可是他老范證明自己男性魅力的終極考驗。如果這個女人走出他小屋，還是原來的那個女人，他就要認分服老了。

小杜一進門，老范心就定了，因為她笑的樣子看起來不一樣了，帶點嬌腆，肢體動作也變得比較嫵媚自覺，這細微的變化只有像他這種老薑才能辨識。精神一振，老范恢復了原有的瀟灑風度，讓小杜在圓桌前落坐，端出蛋糕，倒了咖啡。

小杜拿出禮物，是一個巴掌大的石頭。「這尊石頭叫雙人探戈，像不像？」

老范接過來。這是那個奇石展裡的東西嗎？她肯定被宰了。這個世道，石頭都成了寶貝。他雙手捧著，點頭，「靈啊，老靈啊，謝謝儂噢，看來小杜也喜歡跳舞。」

老范說著文化中心跳舞的事，開自己玩笑，然後說了些滄海桑田的往事。他估量過，老上海的繁華不如老上海的滄桑讓臺灣太太感興趣。然而，陳年往事在這斗室裡聽來遙不可及，小杜啜著咖啡，打量這狹小的客廳。這人也真能吹，她還以為這裡會是陋巷華屋，別有洞天，但她看到的只是一個老房子，一些舊東西。咖啡有點煮過頭了，蛋糕裹著厚厚一層奶油。今天不該來的。原先在這人的殷勤中得到滿足，現在只覺多餘。為了禮貌，她努力表現出興趣，在適當的時候蹙眉或微笑，並尋覓告辭的良機。

終於老范不說話了。他往椅背上靠，笑吟吟看著她。那是雙會勾人的眼睛，她避開那眼光。小杜現在很確定自己的方向。

此時，探戈舞曲響起，一掃斗室的慵懶之氣，那分明的鼓點，好像在催促著什麼。老范起身邀舞，她略一猶疑便伸出手。空間很小，他們在這小空間裡作小的蟹行貓步，作小的迴旋，停頓，擺頭，後仰。老范很會帶領，暗示動作明顯，即使她久不跳，也能跟隨。小杜逐漸放鬆了，開始感覺到那種來自老男人的安全感，沾在男人身上的咖啡餘香，混著古龍水的味道，老舊的櫥櫃，牆上泛黃的照片，褪色的沙發布罩，沙發上好整以暇舔著腳掌的貓，整個氛圍讓人像要跌進迢迢的過去。

舞入了第二曲，是她知道的老歌，白光的秋夜。沙啞的歌聲，非常老派。我愛夜，我愛夜，更愛那皓月高掛的秋夜（她停頓，她轉頭），幾株不知名的樹，已落下了黃葉（她看到秋風緊吹，梧桐凋零），只有那兩三片，那麼可憐在枝上抖怯（以為要往那裡去，誰知轉向這邊來，所有思量都不見），它們等著秋來到，要與世間離別（兩片，兩片黃葉緊緊巴住枝幹不願落下，不願落下啊！）她巴緊老范，老范巴緊她，他們要叫停時光……一曲舞畢，老范讓她朝後仰倒。她朝後看，朝後看，整個世界顛倒了，停頓了。老范將她抱起，吻住她的唇。

這吻來得意外，卻也沒那麼意外。那是個很紳士的吻，輕輕壓在她唇上。老范抱住她的腰，她感到力氣被慢慢抽掉，身體有點軟。第二個吻就來真的了，老范有著異常靈活的唇與舌，汩汩汲取如蜂直探花心。

長長的熱吻後，老范沒有下一步動作，讓她頭靠著自己的肩依偎著。小杜乖順地伏在他肩頭，軟綿綿像喝醉酒，等到清醒時四周悄然，唱片已經轉完。老范不說她也知道，這個老鬼，早就不舉了，卻又偏來招惹她。小杜抬起頭來，眼眶裡充滿淚水。

這要命的雙人探戈。

首載於二〇一〇年四月號《印刻文學生活誌》，收入九歌九十九年小說選

巫之舞

出於一種舞者的默契，沒有人會在舞會開始前踏上舞池一步，那將是一種褻瀆。這是被無數舞者以汗水為酒、灑地祭告舞神的祭壇。

場地的設置是這樣的：長方形舞池的北面，原本播放日本黑池國標舞大賽的大螢幕搬走了，擺了三張檯子，各四個沙發座，為貴賓席。居中最靠近舞池的地方單擺一張檯子，兩張紅絲絨高背沙發，是許總和夫人的座席，現在只有許總一個人坐在那裡，無聊地啜著波爾多紅酒。那個空缺很醒目，因為舞場其他地方都擠滿了人。

戴聖誕老人紅帽的侍者在席間穿梭，帽上的白線球一抖一抖，牆上鏡前到處掛著冬青松果一品紅編成的環圈、大紅絨布蝴蝶結，銀色絲帶環繞如蛋糕上的奶油。這是上海夢憶大舞廳開業以來，頭一回舉辦聖誕舞會及國標舞競賽。說是競賽，其實表演性質居多，主要是拉抬人氣，讓舞場熱鬧滾滾，賽後還有聖誕舞會，保證氣氛high到爆。

參賽的八對舞者，坐在舞池的東面，裸胸露背的單薄舞衣，臉上都化了妝，摩登舞的女士高梳髮髻，拉丁舞的裸腿塗著亮油。其他座席開放給買票進場的觀眾和舞客，票價是平日的數倍，但座無虛席，參賽者的親友老師和學生都來捧場了。

數盞千瓦水晶燈照得櫸木地板油光水亮如一池汪洋，那汪洋在許總眼皮底下逐漸擴大變形，平地裡掀起惡浪，一波波漣漪蕩漾，讓視力不佳的他更加昏花。他很確定那是一池惡水，有太多險灘和漩渦。眼皮跳了一天，左眼跳吉，右眼跳凶，還是反過來？

中間的貴賓席坐的是許總的三位好兄弟，從臺灣到上海來打天下，不打不相識的生意夥伴。平日高爾夫球卡拉OK，或是其他更為聲色刺激場所，他們常互相約喚一同作樂。許總把酒杯一放，往後招手，「來啦，坐頭前啦！」

朱董拿著酒杯笑咪咪過來了，他南臺灣的家族藥材生意靠著西進大陸起死回生，

「大嫂呢？」

「她坐那兒。」許總嘴朝西面靠舞池邊的一個檯子一努，兩個麗裝女士坐在那兒。

「兩個都是哦！豔福不淺。」邱董和張總也來了，他們跟許總都靠餐飲業起家，之後事業擴展到營養食品、飲用水和運動飲料。

「黑白講啥?你們呢，老婆都沒來?」許總明知故問。

「來作什麼，等一下我們還有正事咧！」四個人心照不宣笑了。

大家對跳舞都沒興趣。在臺灣做生意，養成了好酒量，酒店當自家廚房走，舞廳倒從未涉足。不像上海這裡，有點年紀的人，都能有模有樣踩個幾步。他們只是到卡拉OK吼吼唱唱，老婆總以為跟她們唱卡拉OK一樣，卻不知裡頭的美眉個個低胸迷你裙，媚笑殷勤。

他們四人在大陸闖了幾年，難得在太座面前的形象仍然良好，菸酒嫖賭不沾，人稱四君子。

朱董因為肺氣腫，太座勒令戒菸，看邱許張三人不抽，放心讓他們相偕遊樂。戒菸的人最怕人敬菸，那比柳下惠臨懷不亂更難。朱太太有所不知，這邱董在家絕對不碰菸，一到外頭卻菸不離手，濾嘴用醫用膠布或OK繃一纏，指上不沾菸味，頭髮衣服上的菸味歸罪於這不禁菸的上海，家人竟不知他是癮君子。現在，連許總張總都抽上了，集體犯罪的快感難以抗拒。至於酒，沒有酒怎麼談生意，臺灣男人沒有酒，是最悶最呆的一群。但是做了十幾二十年生意人，除了血壓血糖膽固醇三高，免不了傷肝傷肺傷心三傷，所以酒是盡量少喝，盡量。

情場上逢場作戲免不了，張總對女色有軟肋，到大陸八年，前後換了三個情人，臺灣家裡一點不知，多靠兄弟們護航。許總最讓兄弟羡慕，許太太根本不管他。甚至他在外頭有人，許太太還是睜一隻眼閉一隻眼，冷靜漠然到置身事外。有一次，聽說許家雇的一個幫傭阿姨，跟許太太不知道怎麼了，鬧得阿姨的老公都跳出來抗議，最後給一筆錢了事。這許太太，有點怪，關於她的性向傳言一出，兄弟們都特別尷尬，沒有人敢在許總面前提。寥寥幾次聚會上，見過這位許太太，安靜寡言，生過孩子卻依然一條水蛇腰，窈窈窕窕，一雙寒冰似的眼睛，似乎一眼便看穿他們背後的勾當。他們因此完全理解許總的鬱悶。至於賭，麻將桌上只是連絡感情，他們的賭性都發洩在內地這個大市場的賭局，押上了全部家當、家庭幸福和人生的黃金歲月。不成功休還鄉，還鄉需斷腸哪！

比賽就要開始，主持人請許總講話。麥克風遞到面前，許總手一推，低聲囑咐：「請我太太講。」許太太是個舞迷，喜歡跳舞支持跳舞，聽說這個舞場就是為她開辦的，她也是舞場實質運作的負責人。「許太太說她不講。」主持人也低聲說。

許總接過麥克風，簡單說幾句，大意是說他是個不會跳舞的人，生平最羨慕會跳舞的人云云。他的口才不好，在眾人前講話總是結結巴巴，好處是從不嚕嗦，得到的掌聲很是熱烈。講完，許總看了太太一眼，她掛著一絲冷笑，是不是笑他言不由衷？

舞池四面各有一位評審，還有一位總評，五位評審將選出摩登組和拉丁組各一隊勝出，獎金八千元及夢憶全年金卡兩張。主持人把比賽規則說了一遍，即宣布比賽開始。四對摩登舞者在舞池四個角落站定，座席上的燈光暗了，擺好優美舞姿蓄勢待發的參賽者吸引了眾人的眼光。

眾人的眼光，除了許總。燈光一暗，許總感覺自在多了。華爾滋的樂聲響起，眼前晃著翩翩舞動的影子，他穿過這些影子去看妻。她端坐那裡，穿一件白色套頭毛衣，繫一條墨綠色的方巾，在這片舞影樂聲的熱鬧中，安靜如在水一方。在水的那一方，眾人都無法橫渡，包括他。陪著她的是杜小姐，一個老臺商的續弦，也愛跳舞，常來夢憶練舞，兩人現在走得很近。杜小姐濃妝豔抹，看得出年輕時頗有姿色，但是那種想要留住時光的努力太明顯，不像妻，時光之河只是從她足下澌澌流過，與她無干。

朋友都知道，他的太太很會跳舞，但沒有人知道，三年前，她被撞斷了腿。她會跳舞的名聲是他刻意散播的，出於一種補償心理，在她不能再跳舞之後。之前，當她沉醉於舞蹈時，他試圖阻止這不切實際的夢想，試圖澆滅這突然燒起的焰苗。於吵架冷戰中，一個念頭不時閃過：讓你斷手斷腳就不用跳了。那惡毒的念頭初來時也嚇到他，幾次之後就習慣了。好啊，讓她斷手斷腳！

他成功了。靠著心中不停的詛咒，她失去了一條腿。

妻是名牌大學高材生，他是夜間部半工半讀生，她娘家有錢，他一貧如洗。兩人門不當戶不對，她卻對他慧眼青睞。他發誓一定要出人頭地，做出一番大事業。這份誓約，源起於濃情蜜意，卻在創業一再受挫後，變成千斤重的枷鎖，讓他不得喘息，尤其創業資金還是她娘家拿出來的。妻沒怪他，卻越來越沉默，她的周圍有一圈冷空氣，就像金鐘罩鐵布衫，旁人休想挨近。找她吵找她鬧都沒用，她只是用一雙冰冷的眼睛盯著你，逼急了，臉上神經質地抽搐，嘴巴無聲嗡動，彷彿念咒。

是的，他的妻是巫師。每當她無聲念咒，他就頭皮發麻，好像頭戴金箍越勒越緊；他汗毛倒豎，不知從哪裡吹入一股陰風。他總是知道老婆嗡嗡念誦的是什麼，總是聽命於她。包括開這家舞場，包括搬出去，包括不管她，她亦不來管他。妻的法力在車禍後大增。她一定知道，她的車禍始於詛咒，而且為他換來風生水起的事業，此後一帆風順，做什麼都賺錢。她把寶貴的一條腿放上祭壇，從此他每天都在償還。他夜半盜汗，無由驚醒，他懷疑人生所為何來，奮鬥為的是什麼？他是一座華廈，大樑已被無數蠕蠕白蟻蝕空。

他偷眼看身旁的兄弟們，抽掉了生意場上的精明算計、酒宴上的談笑風生，此刻如泥塑木雕坐在那裡。後退的髮際，深深的眼袋，青蒼的臉，雙層下巴，目光呆滯如夢遊，彎腰駝背意態蕭索。他們也被人下了蠱。

他看向妻，妻正以寒箭似的目光看來，嘴唇微微嗡動。他一驚，連忙收束心神，往舞場看去。現在跳的不知是什麼舞。摩登拉丁輪流上場，每組都有五種舞。舞池中的四對男女，穿著禮服，以逆時針方向繞著舞池前進。妻的目光像插進他太陽穴的一根金針，一直在那裡，到底她想要什麼？看著眼前舞動的男女，許總差一點跳起來，嘴裡一聲驚呼被硬生生嚥下。妻子竟然在舞池裡，在一個年輕男子的懷裡！

千真萬確，不管她用的是什麼幻術，妻的確在舞池裡，是她，年輕時候的她。樣子就像他們初識時，高梳的髮髻下一張稚氣的臉，皮膚像瓷般透白，稀淡到幾乎看不見的眉毛，紅潤的雙唇，還有那鼻子，最最可愛俏皮的小鼻子，他常要一口含在嘴裡的……

二十年，妻改變很多啊！大家都說她青春永駐，年輕的版本重現後，他才發現，妻子老了。那個時候的瓜子臉，被現在的長圓臉取代，圓圓的眼睛被耷拉的眼皮蓋成半圓，那種歡悅無憂，那種隨時要撒嬌的小女兒態，被冰冷滄桑取代。

原來妻子這麼會跳舞。這是他第一次看到妻子著如此正式的長禮服，跳著這樣講究的舞蹈，起伏跑動，側身旋轉，變化多得他來不及捕捉。三號，這是禮服上的號碼，這也是排行老三的妻的幸運數字。深埋記憶中的一支舞突然浮現眼前。他們相戀一年，在墾丁度假，妻在月光海灘上，裸足為他跳了一支舞。他不懂妻跳的是什麼，但深深感染了妻的歡愉。他記起腳上涼滑的細沙，鹹鹹的海風，皎皎月光照出妻的容顏如玉。月光舞，對，妻說她跳的是月光舞。妻被舞伴帶著風一般經過他的檯子，舞到另一邊去了。他引領而望，痴痴盼著他們回來，他的眼光不能離開這個女孩，這個他失去很多年的女孩。

他曾為那個跳月光舞的女孩心折，卻無法接受妻以舞蹈為業的想法。妻都四十了。那時，他曾殘忍地笑她一把年紀了，還想跳舞？她應該幫助他創業，像所有其他能幹盡職的臺商太太們。跳舞是他聽過最迂闊愚蠢的空想，怎麼能拿來跟他要做的大事業相提並論？他明白了。妻藉著這幻術告訴他，她已經可以跳舞了。她可以自由穿梭於不同時空，不再受限於傷腿或年齡了。她能再跳舞，而且跳得如此優美，這是不是表示，妻願意原諒他了？許總心裡一鬆，太陽穴上的金針拔去，感覺就像寒天裡泡入了溫泉。他眼裡充滿了淚水，淚光中看向妻，妻不在座位上。

當然不在，難道他以為妻以分身在跳舞？場裡的就是妻的本尊，她幻化成二十來歲，那時的她身心柔軟，沒有跌斷腿。當妻再次經過他面前時，就在那旋轉頓挫的一瞬間，她看了他一眼，眼光很溫柔。

那眼光是最後一根稻草。他垮了，完全垮了，崩解了，癱倒在高背沙發椅上，潸潸流淚。

「老許，老許？」朱董第一個發現他不對勁。

此時剛好狐步舞曲結束，賽者退場，主持人連忙過來維持秩序，有人叫救護車。去上洗手間的許太太也趕到，看到許總癱軟的模樣，她面孔抽搐，嘴唇無聲嗡動，彷彿也要倒下，被好友杜小姐扶住了。許總送上救護車，貴賓都離席了，舞場裡鬧哄哄。主持人安撫大家：「許總事業繁忙，太過勞累，送到醫院吊吊針就沒事，現在比賽繼續。」眾人果然安靜下來，今晚的比賽看得大家如痴如醉，而且已到了最後一支舞，勝負就要揭曉。

在下樂前一秒，拉丁舞者相峙扭腰轉胯屈腿，雙臂開舉十指怒張，造型有如印度神祇。舞池晶亮到反光，四周充滿一觸即發的神祕能量，看來舞神已接受獻祭，就要降福眾人，大家興奮期待到要跪地膜拜……這不是一般的舞，這是巫之舞啊！

首載於二〇一〇年十一月號《香港文學》

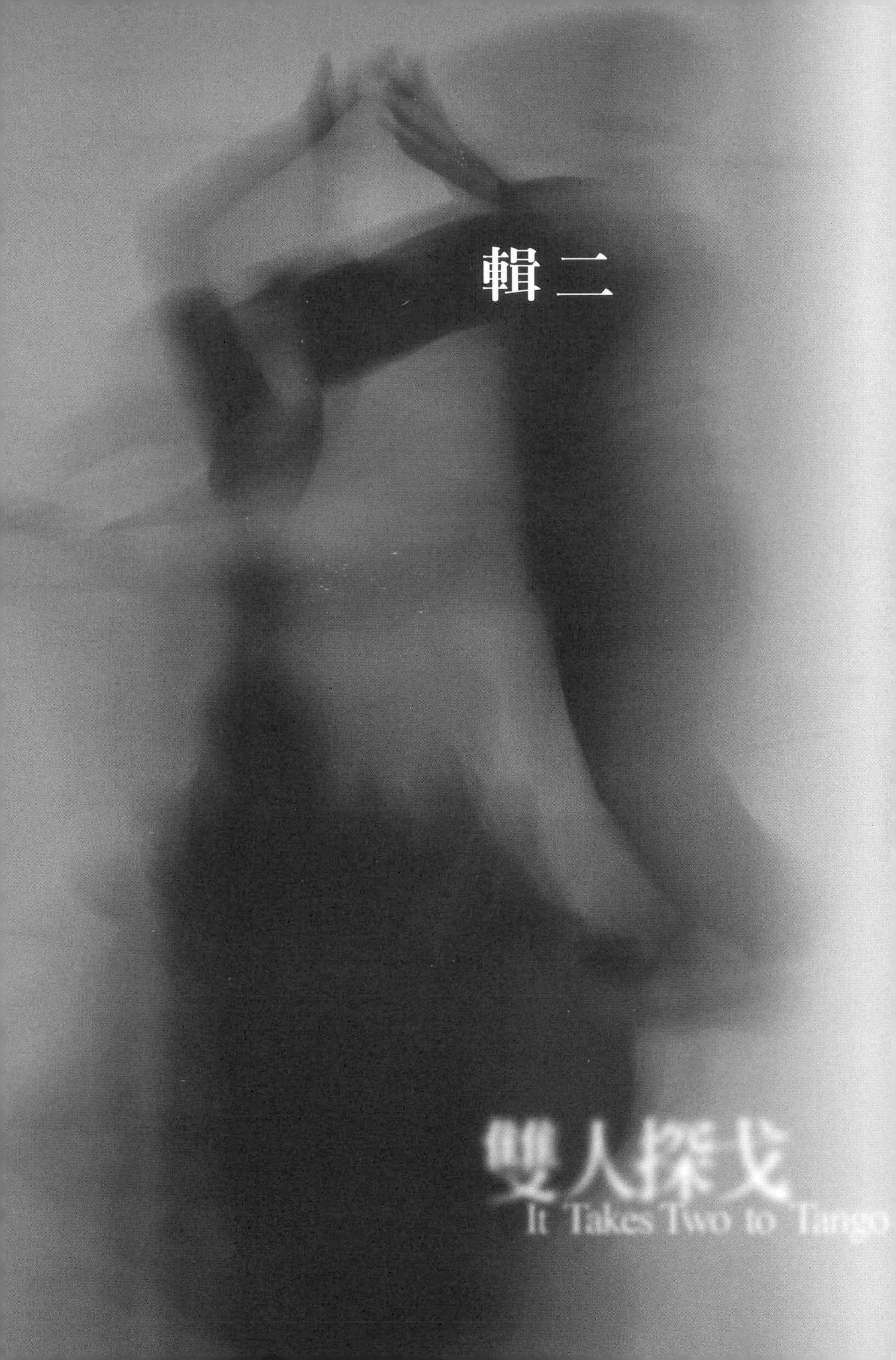

輯二

雙人探戈

It Takes Two to Tango

乒與乓

依著體育館管理員的指示，馮一萍穿過籃球場上架了網打羽球的一干人，到了更衣間旁一個小房間，裡頭一張桌子，一面窗，窗子開了一條縫，鑽進上海嚴冬的寒風，一個大漢縮著脖子對窗抽菸。

運動員也抽菸？她本能起了一種疑問。其實也沒什麼，這裡的男人幾乎都抽菸，運動員也不例外，何況已經退了役。應該問的是，怎麼室內運動場也抽菸？一運動起來需要大量的氧，這下可好，吸進的是二手菸。她還是改不掉臺灣人對二手菸的大驚小怪。

「請問，是楊教練嗎？」

男人轉過頭，「你是誰？」

「我，」她愣了一下，「呃，想學乒乓球。」

「孩子幾歲了？」他轉過身來，拿過一張報紙，在上頭撣菸灰。

「孩子？」她又愣了一下，問孩子幹嘛？

楊興瞪起眼。他有兩道刷子般的濃眉，左邊那道中間斷禿了一截，讓他的瞪眼有點猙獰，馮一萍想起家鄉廟會時被信徒頂著出巡的七爺八爺，銅鈴大眼，巨肩晃著大袖，彷彿一棟樓危危朝她壓過來。他的眼神銳利，配上鷹勾鼻和厚唇，兩腳跨開挺坐在圓凳上，可以想見年輕時活躍球場上的霸氣，據說，上海女球迷很「吃」他。

「不是孩子要學，是我。」她連忙解釋。

「你？」楊興不客氣地上下打量。臘月天，一頂灰色毛線帽壓住眉梢，胖墩墩的黑色羽絨服一直蓋到小腿，穿一雙毛邊皮靴，她看起來臃臃腫腫一團。

馮一萍有點不高興了。她想，愛教不教。或許，人家不收成人學生？但是楊興沒說不收。「我這是一對一教學，你到管理員那兒問問時間學費，排好了他們會通知我。」

「哦。那……」她不知道該問什麼。記得小時候學鋼琴，老師要她伸出雙手十指張開，看過了才收她為徒。乒乓，需要什麼條件嗎？

「到乒乓球具專賣店去搞個拍子，初學者的專用拍，讓他們給你黏好雙面反膠，橫拍啊！」

橫拍？反膠？馮一萍想問，但是楊興把菸捻熄，擺出談話結束的樣子，她只好轉身走人。都走到籃球場邊了，又叫她，「喂，你姓啥？」

「我姓馮。」

「臺灣人？」

她點頭。

從此，楊興稱呼她馮太太。也不知是哪裡來的印象，臺灣女人都是陪著先生在上海，冠夫姓，習於被稱作某太太。馮一萍偏是單身，幾年前離了婚，接受公司委派，到上海來開發英語幼教。馮一萍也懶得多說，只是打球。後來熟了，不好再糾正，將錯就錯。

第一次見面，兩人留給對方的印象，在第二次見面上課時，幾乎全盤顛覆。

站在乒乓球桌旁的楊興，整套的運動上衣長褲，藍底白邊十分帥氣，個頭兒很高，至少一米八，唯一顯年紀的是那已經後退的髮際線和稀疏的灰髮。而脫去長羽絨服的馮一萍，一身勁裝顯得身材結實勻稱，頭髮紮成馬尾，眉目清朗臉色紅潤，散發一股勃勃生氣。五官跟滿街美女相比可能平常，氣質卻是纖柔婦女中少見。楊教練不說廢話，一上場先教持拍，然後教正手擊球。他帶了一桶子球，一顆顆餵到馮一萍面前，馮一萍憑感覺見球就打，手動腳也動，雙膝微屈。

打了幾記，楊興問：「也打別的球嗎？」

「羽球。」她有點得意。乒乓，很容易上手嘛。

「嗯，麻煩。」

羽球和乒乓擊球的方式似同而實不同，對手腕和手臂的運用更有講究，二者混淆反而學不好，老師寧可學生是一張白紙。馮一萍明顯不是白紙。練習了一會兒，他已看出這個新學生除了年齡大點，卻是常運動的人，身手靈活手眼協調，教給她的擊球姿勢，做起來輕鬆自然，竟比許多老學生要好。她擊回的球，越來越有準頭，帶著一股柔勁，正是乒乓中不可言說只能意會的力道。是塊好材料啊！看她身材比例，在他那個年代，不也是百裡挑一的好苗子嗎？

一堂課六十分鐘，馮一萍大汗淋漓，卻沒開口要求休息，楊興也不管。兩人一直打，到最後，已經可以來回打上五六十回合而球不落。

「你早二十年學，肯定學得出來。」下課時楊興淡淡說著。

「你是說，我太老了？」馮一萍拭汗，喘氣。

「打打健身也無所謂。」楊興拿起掃帚掃球，「怎麼現在才想到要學？」

「你看，『兵』這個古字，是一個人兩手擎著一個武器，可以說是武器的本身，也可以指這個拿武器的人。」

秦念濱邊說邊在紙上畫了個兵的篆體。在馮一萍眼裡，那個字像一個人居中，左右各有一把大叉子。但她不敢亂說。授課時的秦念濱很嚴肅，身上有種好聞的菸絲香。這個年代抽菸斗的老人不多，馮一萍就愛這腔調。

馮一萍愛秦老師身上凝聚結晶的一切所有。他的溫文儒雅、對書畫的知識和收藏、一手瘦俊的好字、上課前要小小口啜飲的一杯白葡萄酒，下課時慢悠悠在石楠木老菸斗裡裝菸絲。他知道上海哪裡有地道的本幫菜，哪裡有保存最好的石庫門老建築，在哪條巷弄裡有精修皮鞋的老鞋匠，對過的燕皮餛飩味道最是正宗。他什麼都沾染都知曉，卻不執著於一門一科，優游從容隨心所欲。秦老師說到莊子的大鵬鳥水擊三千里，扶搖而上九萬里，她就自慚從小無大志只憑直覺過日子，誤以為日子過得還可以。秦老師說到印度敬神舞蹈的手勢如何千變萬化指人說事，她就下定決心存錢下個旅遊目標就是去印度看舞蹈，不去普吉島乘快艇。說是教書法，秦老師只讓大家臨臨帖、講點書法家名人軼事，不布置作業，或布置了作業也不批，只是閒談。

這種隨性教法讓其他同學頗有怨言。這是文化課，你懂不懂？會寫書法的人多得是，但要能像秦老師這樣浸淫於文化並從容出入其間，可遇不可求。跟馮一萍持同樣看法的人不多，慢慢地，六人的書法課變成三人、兩人，最後只餘馮一萍。秦念濱卻不在意。他需要好聽眾，而沒有人比馮一萍更專注。

從小，馮一萍就是一個奇怪的女孩。她的個性有點男孩子氣，跑得快跳得高，跟小男生成天瘋在一道。她做什麼事都是一頭栽入，不留後路。戀愛結婚也是如此，家人激烈反對，她選擇離家跟詩人兼酒徒的男友公證結婚。幾年後老公外遇，她毫不留戀便離了婚，孩子交給公婆，自己又過起單身生活。她的開始和結束都異常分明，沒有一般女性那種萬縷千絲反覆猶豫。與其抱殘守缺，她寧可另闢蹊徑，另尋圓滿，那或者也可以說是一種奇特的潔癖。

當她對秦念濱報以甜美微笑時，完全看不出她管理幾個幼兒英語教室的明快幹練。她甚至沒有告訴秦老師自己從事外語工作，因為樣樣精通的秦念濱，偏就是外語最弱，只懂一點俄語。在自己的偶像面前，馮一萍願意無條件臣服。當秦念濱裝好菸絲，以火柴瀟灑劃出一點星火湊近菸斗，菸絲在她眼前一瞬間變成金紅，那就是魔術的開始。

「乒這個字呢？乓呢？」馮一萍突然打破斗室裡的寧靜。

「這兩個不是古字。」秦念濱的大筆在硯池裡吸墨，「為什麼問？」

「這兩個字，好像一個兵站不穩，」馮一萍說出心裡的想法，「各缺了一隻腳。」

「嗯，各缺了一隻手吧？」秦念濱瞇起眼看她。

馮一萍有點不好意思，老師才說了，那是兩隻手。「那是，一個在運動中的人，重心落在一隻腳，哦，不是腳，是，一個打正手，一個打反手。」

「你打乒乓？」秦念濱原本凝神要寫點什麼，這時把筆擱回案頭。

「不會打。」

「乒乓，很好玩的。」秦念濱像想起了什麼，指著書架邊上一幀黑白照，「你看看。」

馮一萍湊上前瞧，幾個大男孩合照，短褲運動衫，最當中的男孩捧著一個獎盃，清瘦且青澀。

「啊，這是老師嗎？」

「十七歲。」秦念濱說，「最好的年齡，最糟的年代。」

「老師是乒乓隊的？」

「哈哈，十歲開始打，進了上海隊。」

「後來呢？」

「後來，後來什麼都沒做成。」秦念濱吸了口菸，徐徐噴出，「一年不到就退役，大學也沒念完，糊里糊塗過了好幾年。」

室內沉鬱的空氣，讓馮一萍感到要窒息。每回說到往事，秦老師總是三言兩語帶過，調侃說她沒吃過苦。她很慚愧。這輩子已沒機會在年輕時候吃那種苦，影響一輩子的苦。只能像現在這樣忍受邁進中年後慢慢滲進來的苦澀，小蟲般這裡那裡啃咬，又像打擺子般一陣冷一陣熱，非致命性的，但逐漸忘卻什麼是舒坦無憂。

「老師現在還打嗎？」

「跟誰打呢？」秦念濱語帶蕭索。

跟我打呀！馮一萍在心裡說。秦老師的乒乓一定打得優游從容，就跟他這個人一樣。她一定要見識老師的這一面，這可能是他最鮮為人知的一面呢！馮一萍想得很興奮，唯一要解決的問題是，她必須先學會打乒乓，而且要打到某種水平。

自助者天助，這是馮一萍很喜歡的一句英語諺語，而這句話恰巧就印證在她身上。

根據教練所言，她是少見的一塊打乒乓的材料，可惜晚了二十年。

不到一年，馮一萍已經學會乒乓球的基本技巧，從正手反手搓球提拉，一直到現在的弧圈球。這種飛躍性的進步，讓楊興很是驚異。

「我教了幾十年的球，也遇過有天分的孩子，但一上來就學成這樣，你是頭一個。」

楊興嘬口作聲用力踏足，一個看似雷霆萬鈞的發球式，卻被馮一萍識破不過是虛張聲勢的上旋球。又一個小白球側旋過來，她略緩出手，穩穩擊出。

一個乒，一個乓。乒乓球對她來說，像是紅樓夢裡寶黛初見，這個妹妹以前見過。

「你像一個人，在上海隊，打得不錯，人很甜……」

球在掌心，他遲遲不拋，眼神遙遠，見到了半世紀前的小師妹？小師妹後來怎麼了？浮想聯翩時，一個下旋球過來，她猝不及防。

「球往下切，不要平推，平推就出界了。」楊興繞到身後，握住她的手示範。他的手極大，手指的力道像可以捏碎骨頭，她的指頭被狠狠擠壓在拍上，像上了手銬。原來的沾沾自喜痛醒了，她領悟到自己打球不過是玩票，而楊興打球卻是拚命。他的鼓勵不過是維持她的興趣，讓她自願多繳點學費吧？原本一週一次的課，現在是一週三次。

「馮太太，還不懂嗎？」楊興有點急了。「就像，就像切菜一樣，」他把拍子當菜刀作出剁菜的姿勢，「用力往下切。」

教練以為她熟諳廚事呢，馮太太。馮一萍連忙點頭表示領會，楊興鬆了口氣，回到對面去。馮一萍也鬆了口氣，在楊興近身相教的那一分鐘，她一直屏住氣息。

回到家匆匆沖個澡洗了頭，半溼的中長髮往後攏齊夾好，她換上一條寬腳黑色真絲長褲，一件米色V字領棉線衫，騎了電單車趕到秦老師家。秦念濱的白葡萄酒已經喝了半杯。

這已經是這個月第二次遲到了，馮一萍在書房一角落坐。秦念濱沒問她被什麼耽誤了，他向來不問她的事，她也不說。並不是不想說，是不好意思把那點無聊的事拿來說。楊教練倒有時要問的，她不敢多說，說了全是謊言。老公孩子買汏燒，一個莫名其妙滾雪球般出現的謊言。

秦念濱遞給她一本新淘得的字帖，她翻了翻，不能專心。她對書法大概不像對乒乓那麼有天分吧？至少，老師從沒誇過她，她這樣一週一次來上課，一年多下來還是很糊塗。有時夢見，老師說不能再教她了，一塊朽木……

「今天，不上課。」秦念濱把空杯一放，扣一聲敲在桌上特別響。

「啊？」她急了，「抱歉，我遲到了，作業也沒寫，這陣子忙著舉辦教師進修……」她趕快交代認錯。

秦念濱笑了，「出去走走，你都沒聞到桂花香？」

秦念濱的家不遠處有個公園，裡頭有桂樹數千株，每到秋日，這一帶的空氣充滿桂香，走在路上，人都暈陶陶的，至少馮一萍是這樣。她默默走在老師身旁，腦裡無法想什麼，整個被那濃郁的甜香所籠罩，像是跌進了糖果屋的孩童，太滿的幸福不真實。

這是她跟他頭一回走出書房。每週一次跟他在書房裡坐兩個小時，她以為此生沒有機會跟他做其他的事。沿著紅磚人行道徐徐向前，街上的桂林米粉和克莉絲汀餅屋人進人出，小門臉的服飾店和鞋店則靜悄悄，店主低頭在手機上撳來撳去，一個腳踏車店老先生在給輪胎打氣，打好了，丟五角錢到水盆裡。那是投水許願的金幣。上海這個老區角落充滿了人和車的聲音，但是馮一萍覺得像在看黑白默片，她跟秦老師是這影片裡唯一的色彩和聲音。下了幾天的雨，今天的陽光出奇地好，蒸騰得花香更加無所不在，彷彿有厚度般一片片沾帶到身上，不單是鼻子，她的眼睛耳朵都灌進了這香味，她的心更緊緊包住這香。

她轉頭看秦老師。秦念濱枯瘦，背微駄，兩隻褲管被風吹得飄晃。他走路的樣子有點不穩當，彷彿要向前撲去。一個乒，一個乓。她突然又想到那兩個字，各缺了一隻腳。不，不是腳。她不由得放慢腳步。

公園裡卻不似想像清幽。老老少少都湧進園子裡來了，聞聞桂花香，搓搓麻將打打牌，瓜子殼吐得一地黑白不分，聊天的聲音震天價響。

「去喝茶。」秦老師熟門熟路帶她左彎右拐，過了座小橋，來到一個五開間的傳統建築，雕梁畫棟，梁柱上刻的都是戲曲人物，木製的茶桌和茶椅排在廊下，入座望去四面皆綠，花香更加沁人。這裡竟然一個人也沒，顯見茶費不菲。服務員從裡頭姍姍而出，眼皮子都不抬，「喝什麼？」

點了兩杯龍井，兩人對著面前的綠樹黃花，秦老師輕咳一聲，似乎意味深長，她心裡猛跳了幾下。秦老師說：「你曉得這園子以前是誰的嗎？上海灘大佬黃金榮。後來，日本占了，國民黨也占了，園子搞得一蹋糊塗……」

她點點頭，有點失望。黃金榮是聽過的，上海灘的電影和電視劇彷彿也看過一些，管這園子是誰的，此時此刻，它的花香是屬於聞者的。一個狀似帶著飄乎曲線的旋球，不過是平淡的直球。每次都談古人古事！這鋪天蓋地無遠弗屆的花香，讓她有了秋怨。

「初開園那時，我就常來玩，那時才十來歲。」

「打乒乓球那時？」

「嗯，跟幾個球友來白相。」他舉頭四望，彷彿在找尋年少時的玩伴，「現在都不一樣了。」

馮一萍鼓起勇氣，「老師，有空我們打一場？」

秦老師有點吃驚，「你說不會打的嘛。」

「我會了。」她喉嚨被什麼鯁了一下，這一刻才明白自己的痴傻，「打得不好，打著玩。」

「我很多很多年不打了，自從，」秦老師沉吟著，眉心糾起來。他有深深的眼袋和明顯的抬頭紋，此刻見了天光全都現了形。「自從我的腿壞了以後。」

「腿，怎麼了？」

「跟一個朋友幹了一架，狠狠的一架，他破相，我傷腿，可是他還能打球，後來美國乒乓隊來中國訪問，他就在機場歡迎他們。」

馮一萍聽出他語聲裡的苦澀。

「想當年，大家都想進乒乓隊，有國家養你，吃穿不愁還有工資拿。接下來三年自然災害大饑荒，乒乓隊的人沒餓上肚子，還能往家裡捎罐頭。」秦念濱看著手裡的玻璃杯，茶葉正緩緩往杯底墜落，往下往下，直達郁郁青青毒蛇吐信的綠色叢林，「有個姑娘，她父親是隊裡的教練，那時候，全上海男子女子前三名才能入隊，她、我和那個朋友都打進去了。」

「幹了這場架，前途毀了，那個姑娘我也配不上了。」秦念濱沉吟了一會兒，笑了，「也好，要不這輩子只會、也只能打乒乓。」

是為了那個姑娘才打架的嗎？馮一萍想問，秦念濱先問了，「你有多少勝算？我不過是個腿不方便的老人。」

「我不過是個弱女子。」馮一萍微微一笑。

秦念濱也笑了，深吸了口氣，「邪氣香噢！」

因為功力增進，馮一萍換了個拍子，全新膠皮，球速更快搓球更旋。但是想著跟秦老師的比賽，她就有點分神，幾個旋球都沒過網。

「怎麼？」教練不滿意了。

「我在想，」她朝拍面呵口氣，手一抹，「如果年輕時候球打得很好，老了還能打嗎？」

「那要看身體狀況。有基礎的話，要恢復一般是很快的。」楊興一邊說話，一邊飛快側旋，「你要跟誰打？」

「一個老師，我跟他下了戰書。」她回削，抿嘴一笑。

楊興愣了一下。那個笑容勿要太嫵媚噢，把一個學生變成一個女人。高挑一個球，她正手下壓。「打得好嗎？別給我坍臺。」

「他以前也是上海隊的，叫秦念濱。」她準備接球，來球卻在網前下滑，「腿有點不方便，但我大概打不贏。」

「你能贏。我的學生怎麼贏不了一個腿有毛病的老人？」

楊興的話語有種尖刻，馮一萍感到不舒服，不過是陪老師打著玩兒。

但是楊興非常較真，接下來每堂課都在摩擬戰況，特別指導她如何對付直拍快攻。那個年代的人多持直拍，楊興自己也是。下課了，他的球繼續來，十分鐘，十五分鐘，只為了讓她多練習。吊球，打兩邊角落，咬住對方的弱點猛攻，快、準、狠、變、轉！所有比賽都要分出勝負，有人維持表面的優雅想贏得從容，有人殺氣騰騰讓敵人不寒而慄。長年競技場上的磨練，早就讓求勝成為楊興的本能，沒有什麼優雅什麼腔調，那是一場又一場血淋淋的肉搏戰，每場勝負都代表著目標近了一點或遠一點。

高二那一年，他進了令人豔羨的乒乓隊，冬練三九夏練三伏，拉單槓練臂力，各種球打成千上百板，枯燥的操練從早到晚，終年不斷。所有的辛苦為的就是上賽場，爭取重要的比賽，爭取勝利。每到比賽，多少人買票來一睹他的風采，楊興的名號叫響了，他成了許多人的偶像。然後文革來了，乒乓打不成，主教練和冠軍球員受不了批鬥一個月內先後吊死，他跟大家到北京去串連，運動員最好的時光都耽誤了，只有一九七一年臨時被召回上海，跟美國人打了一場，說是乒乓外交。文革結束，乒乓隊又開打，但他盛年不再，只能當教練了。就這樣，帶隊訓練帶團出賽，直到退役。他沒法去想乒乓對他的意義，它是生活的全部，讓他存活，也取代所有。

這天打完球，天已全黑，從二樓的體育館看出去，學校操場上的路燈照出雨線一條條。他們都沒帶傘。籃球場上的人走光了，管理員把大燈關了，只留高牆上兩盞一閃一閃的日光燈，照得人臉蒼蒼，世界慘白。

「還不走？」管理員來催。

「走了走了。」楊興把球包一背，拿了水壺，大步往樓下走，馮一萍緊跟其後。體育館的大門在背後關上，他們站在走廊下一籌莫展。雨下到草上和泥地裡，窸窸窣窣像在耳語，天空墨黑，寒意透進汗溼的運動衣衫。

曾經也有這麼一個雨夜，他在女孩家門外徘徊。那件事情過後，女孩還是一個人，他默默等了幾年，終於鼓起勇氣。當再也受不了那溼冷那狼狽，那沒完沒了的煎熬時，他伸出凍僵的手敲開女孩家的門。但是隔年，她的父親他的教練就被鬥死了，她成了黑五類。

女孩過了兩年也死了，那是個太容易死去的年月，死了成千上萬的人。站在身旁的這個馮太太，明快的氣質有點像她當年。是投胎來的嗎？如果是，她就更應該打贏這場球。

「你的對手，做什麼的？」

「他是我的書法老師，是個收藏家。」

「很有文化囉？」楊興從鼻子裡冷哼一聲。當年曾有機會保送交通大學，他選擇進乒乓隊。時代在改變，人人鑽空子在弄錢，他賣老命教球。每週日風塵僕僕到杭州陪一幫老闆們打球，他們說久仰大名，打開抽屜，裡頭厚厚幾疊人民幣，抽出幾張來塞到他手裡。他感到屈辱，但還是每週都去。

「他為什麼找你打球？」他突然惡狠狠逼近她的臉，兩眼冒出凶光。
「是我找他。」馮一萍力持鎮靜。
「哼，記住，不要手軟。」楊興冷冷丟下一句，大踏步走入雨中。

楊教練一再傳授致勝攻略，他那充滿企圖心攻擊性的眼神，對她施了催眠。如果她贏了，他會多麼以她為榮。但是，即使她能，她怎麼忍心？他不過是個腿不方便的老人。

這場比賽，她從來沒想過要贏。她只是單純地想陪他打一場球。也許不那麼單純，不只是打球，她想跟他一起做一件事，球來球往，能量在彼此之間傳遞，直到球落地。輸贏不重要，重要的是當下只有她跟他，一個乒，一個乓。

然而，乒與乓，不管是缺了手還是斷了腳，都來自「兵」，是攻擊的器械，也是持器械的人。手裡高舉武器，那就避免不了對抗對鬥。但是，有沒有可能，有沒有可能那其實是各缺了一點的兩個人，合在一起便圓滿了？

「秦老師，儂好，長遠勿見。」

「儂好儂好。」

「有日本來的新拍子，要看嗎？」

「不用了，給我一塊反膠，一塊正膠，中顆粒的。」

林師傅去櫃裡翻找，他的眼光不自覺又去看那面牆，牆上掛了一張黑白老照片，一架飛機，機翼上清楚的220編號，機前蹲一排站一排，是中美的球員和領導。那裡，就在那裡，過去看過無數次現在老花再也看不清但不會忘記的就在那裡，第一排蹲著咧嘴而笑濃眉大眼的男子。

那本該是他。

這麼多年沒真正打過球。大女兒小的時候，陪她玩過一陣子，她沒興趣。是個念書的材料，跑到美國去了，在那裡成家立業，給他添了兩個混血兒外孫。小兒子不是打球的料，也不是念書的料，在出版社裡混飯吃。老伴早走了，兩人一輩子相敬如賓，因為根本不上心。他不在意。對很多事，他早已不在意。

唯獨這一件。剛改革開放時，他見機收了幾張字畫，現在市價都不菲，養老不愁，教書講課，不過是排遣寂寥。手裡有閒錢，陸續買了一些各具威力的世界級名拍。一面面精工打造的板子光裸著沒有上膠皮，多少年來閒置在上鎖的櫥櫃裡。這些名拍，再怎麼精緻高端，再怎麼科技文明，也無法取代當年那支粗糙的球拍。他拍子高舉，猛力抽打，正手反手正手反手，結結實實的耳括子，打得那人淌出血涎，打得那人後退倒地。反革命分子有如過街鼠哪，怨不了他。傷了腿，怎麼不給治呢？不是說他是塊料嗎？及時治療，肯定能再跑再跳，那時只要那人肯出面說句話。只因他的腿傷跟女兒有關，需得避嫌，把他一生都耽誤了。

「還在看那照片？」林師傅搔搔頭，「照片裡廂儕是阿拉爺額老教練老隊友，儂認得伐？」

秦念濱搖頭。

「怎麼樣？」

馮一萍一到，楊興就迫不急待問，她只是懨懨瞅著他看。

楊興心裡一惻。她像一枝長莖中折的花，還吸得到水分，但不夠，很快就要脫水枯萎。也許不該逼她，不該給她太大心理壓力，原本能贏的反而輸了。她雖然是打球的料，但對方畢竟是塊老薑……老薑這些年體能狀況如何，兩年前聽說動了大手術……他那時才打多久，後來發展出的新技他會嗎……

「輸了？」楊興問。

「贏了。」她說。沒有一點高興的樣子，反而有點落寞，有點傷心。這真把他給弄糊塗了。

「好呀！情況如何？」

「他贏一場，我贏一場，然後，又贏一場。」她一副不想多說的模樣。

「滿好滿好。」楊興點頭，不問比數了，看她那模樣，好像那年整個隊拉到青海高原鍛鍊，氧氣稀薄，連呼吸都費勁。「今天，再練練弧圈球？」

天冷，她來上課的路上把拍子插在後褲腰上焐著，像焐著一隻有生命的小動物，太冷的拍子是打不來球的。這都是楊興教她的。那冷拍子還插在褲腰裡，時間不夠久，她溫暖的肉還沒能焐熱它。

「今天，不上課。」馮一萍直視楊興的眼睛。他的眼光很單純，剛才是開心，現在是驚異。長年的球場征戰，乒來乓去，正手反手，一道道銀白的弧線劃過球檯，他只要不讓那弧線中斷。而那天，球檯對面的那對眼睛，眼神卻十分複雜。

不論單純或複雜，都到了說再見的時候。她感到很抱歉，眼前這個人教會了她乒乓球，而她跟他說了這麼多謊言。

比賽一開始，秦念濱謙謙君子，給了幾個直來直去的軟球，但是馮一萍心神不寧。穿著運動服的秦老師，身體乾枯無肉，衣服掛在骨架上無風自動，持拍的手青筋暴起，跟拿毛筆時大不相同，回球飄忽近乎詭異，拍子在手裡倒來倒去換邊打，直球旋球變來變去，還有，雖然帶著微笑，但笑容是塊皮蒙在臉上，眼睛裡沒有笑，只有，只有……

馮一萍就這樣輸了第一場。

秦念濱一派紳士風，問她要不要休息一下？他備了茶水還有毛巾。馮一萍很懊惱。這場球完全沒有發揮平日水平，幸好楊教練不在。

「老師寶刀未老嘛！」馮一萍甩了甩手臂。

「承讓承讓，你個小姑娘也算可以了。才打不久？」

秦念濱幾句話，意在安撫，卻激起馮一萍的鬥志。她想，今天贏不了，也不能輸得太難看。要讓楊教練，也要讓秦老師看看她的本事！

第二場一開始，馮一萍一連丟了兩分，秦念濱微笑了，帶著君臨天下的神情，直板快攻毫不留情。馮一萍深吸口氣穩住，不停大角度吊球，讓秦念濱跑起來，幾個弧圈球也拉得威力十足。秦念濱沒料到馮一萍能打出這種水平，再加上跑不動，雖然勉力回球，終被打死。馮一萍險勝一局。

馮一萍打得全身都熱了，等著秦老師誇獎，但是秦老師只是喘氣，嚥口水，搖頭。兩人默默換邊，第三場開始。

馮一萍發球，拋球前，直視秦老師的眼睛。那眼睛裡有太多情緒，憑著一年多來相處的理解，她讀懂了一部分，那是憤怒、是驚疑、是猶在晦暗中咕嘟咕嘟加溫未成形的仇恨。他將會恨她，如果她贏了這一局。

書房裡的秦老師呢？她為什麼想跟他打球？

不圓滿，不會圓滿了。一個乒，一個乓。

首載於二〇一一年《聯合報・副刊》

兩個媽媽

嗲媽和酷媽，我生命裡最重要的兩個人，她們愛我，我愛她們。

好吧，我承認，我愛嗲媽多一點，因為她常常把我抱在懷裡，聲音又嗲又軟，甜得要流出蜜來，用一大堆我都要臉紅的綽號小名叫我，說我是她的小心肝小寶貝，說她愛我愛我好愛我。她身上的味道很美妙，長長的鬈髮是洗髮精的蘋果，柔軟合身的衣服是洗衣精的薰衣草，纖纖玉手是護手膏的檸檬，修長的手臂和腿是潤膚液的杏仁，那張洋娃娃般的臉蛋是乳液和眼霜的蘭花幽香，微翹的嘴裡有牙膏的薄荷清香，還有一股特殊的味道從她的腋下和胯下源源滲出，成就了嗲媽獨一無二的氣味，在幾扇門外都聞得到。我總是在她身上鑽來鑽去，盡情嗅聞，快樂地咬著她的頭髮和衣角。

嗲媽還有另一種味道，那味道也是好聞得不得了。她只要一進廚房，傳來乒乒乓鍋子撞擊的聲音，菜刀剁剁敲著砧板，無論我正在陽光下打盹或是咬著我的小鴨，我一定要到廚房探個究竟。我跑進跑出，看嗲媽一會兒打開冰箱，一會兒在水槽嘩啦嘩啦洗菜，地上濺了很多水珠子，她有時要怨我踩出了黑腳印。這其實不能怪我，因為我是沒法自己去洗腳的。於是我安靜地坐在廚房門口，無比耐心地等著，有時咬咬我的磨牙棒。嗲媽忙過一陣子，通常是開始有食物的香味飄出時，她的心情也變得高昂，轉頭看到我，她會假裝驚奇地問，咦，這隻狗怎麼還在這裡？好像旁邊有人能回答。但是沒人，酷媽要到開飯時才會進門，我只好為自己辯解，汪！嗲媽心一軟，常常就會給我一塊熬高湯的肉骨頭，還會先在水龍頭下沖一下，怕我燙到了。

嗲媽因為總是跟雞肝肉骨頭這類美味在一起，身上的氣味就更迷人了，我忍不住成天在她腳邊轉來轉去。酷媽冷眼看著我的「狗腿子」樣，哼哼說著別把牠寵壞了，貴賓狗的嘴最刁，以後天天要吃雞肝肉骨頭！

我的酷媽，只有一個酷字可以形容。記得第一次見到她，就在我已經住得很厭煩的那家寵物店，我的床位正對著大馬路，房間裡還有一隻巧克力貴賓狗，比我小一個月，我是紅貴賓，彼此相安無事，因為我們天性只愛玩，不好爭鬥。人類叫我們玩具貴賓，這名稱是怎麼來的呢？讓我想想，店主當時是怎麼說的？因為人類把我們當作玩具？還是，我們像玩具那麼迷你可愛？我自己認為（我想這一點現在大家都清楚了，我是很喜歡動腦子的，在小型犬裡，我的智商排第一），這是因為我們愛玩。我很喜歡玩具，不管是嗲媽買給我的小鴨、小拖把，還是酷媽買給我的小球、啞鈴，我每天都會輪流玩上好幾趟。

在寵物店的那個透明箱裡，一個玩具也沒有，除了高掛的水瓶，我的巧克力同伴無精打彩，我則藉著看路人來排遣寂寥。常會有小孩笑著跳著跑上前來，粗魯地敲著我的箱子，嘴裡不知嚷嚷什麼。有時大人會帶他們進店來，這時我就要提高警覺了，因為我觀察到，一些朋友被看了幾次抱了幾次，從此就消失了。但是這些大人或小孩，並沒有把我帶走，可能因為我瘦伶伶的，有點可憐相，而且我已經四個月大了，留在店裡時間越長，就越沒有人會帶我走，這是後來酷媽告訴嗲媽的。

我記得那天下著雨，巧克力在睡覺，我懶懶趴著看外頭，雨水讓整個世界看起來很怪。我的眼睛不算好，分不清顏色，但是在微弱光線裡的眼力還不錯，我看到路上一束束光來來去去，街角半空中有三個燈輪流在閃，還有一個個撐著大傘的人，小心翼翼怕踩進水坑裡慢慢走著。這時候，一個人大步流星往我這裡而來，沒錯，那人直直向我走來，穿著破洞的牛仔褲和格子衫，很短的頭髮，一隻耳垂上有個亮晶晶的耳釘，充滿個性的方臉上架著神氣的寬邊眼鏡。那人摘下眼鏡在衣角上隨意抹抹後戴上，雙手插在褲袋裡嚴肅地看著我。我被那眼神懾住了，那裡頭摻雜著好奇、甜蜜、堅定和憧憬。然後，像是下了什麼決心，那人很用力地推開了寫著「拉」的玻璃門，帶著一身水珠闖進店裡。我心跳開始加快，就像第一次洗澡，水柱往我身上沖來，我還忍不住發抖，因為我知道。狗族的直覺不是蓋的，所以即使我不見得能理解很多事，我也總是知道。

店主把我從箱子裡抱出來，巧克力這時醒了，但已經晚了一步，因為當酷媽看到誰，眼裡就再也沒有別人。這是她在哆媽耳邊輕輕說的，但我超級靈敏的耳朵聽得一清二楚。

三天後，我來到了我的家。這是在小巷裡的一棟舊公寓的三樓，樓梯上有各種奇特的味道，我馬上判定這裡住著我的同類。酷媽把我放在背包裡，右手提籠子，左手提狗食，三步併兩步上了樓，一到門前，門就開了，大概屋裡的人早就等著了，我在背包裡聽到一聲嬌滴滴的抱怨，怎麼現在才來？然後是酷媽有點啞啞的聲音說，美女，看我給你帶了什麼生日禮物？

原來我是生日禮物，哆媽的二十八歲生日禮物！從背包裡出來，我有點四肢發軟，被這間公寓裡的特殊氣味，還有那個把我緊緊抱住長頭髮的美女搞得暈頭轉向。美女哭了，她的眼淚滴到我亂糟糟的毛上，溼漉漉的臉貼著我的頭。後來我才知道，我不但是生日禮物，還是定情物。從此，酷媽和嗲媽決定住在一起，我們一家三口成了一個幸福的圓。

我很快就摸清了家裡各個角落，也在客廳兼飯廳的一角安頓下來，每天我有兩餐飯，是狗食拌南瓜和肉糜，如果我乖，會有半個蛋，如果我很可愛，會有狗餅乾，每次洗完澡，我會得到肉骨頭或雞肝。我很快就長得圓滾滾鬈毛蓬鬆，也認清了誰才是我的主人。

是這樣的，我們天生就認定一個主人，所以在嗲媽和酷媽兩個之間，我只能選一個。是酷媽相中我，把我帶回家的，她勇敢果斷，是家庭經濟主要來源，天天早出晚歸，因為她做的是什麼藝術創意製作，常常要加班開會，自從我來了以後，她回到家再怎麼累，也會跟我玩一會兒，我覺得她特別喜歡丟球，我就幫她把球一遍遍撿回來。她還喜歡把我高高舉起，讓我最脆弱的肚皮暴顯無遺，儘管我痛恨這樣沒有安全感的姿勢，還是乖乖地一聲不吭。

但在我心目中，嗲媽才是我的主人。每天從早到晚，都是嗲媽陪著我。早晨她起得晚，因為她在電腦前長時間工作，把頸椎搞壞了，加上精神衰弱，晚上常睡不好，但只要她掙扎著起來了，洗好臉就趕緊帶我出去。她會說寶寶憋急了哦？其實我半夜就在籠子裡尿過也屙過了啦，我有點不好意思，只好在草地上作作樣子。晚飯前，她還會帶我出去一趟，這時我們會去超市買菜，去銀行提款，或到藥妝店買打折優惠的面膜。每當嗲媽拿出我的外出袋時，我就興奮地竄來竄去，我有點怕街上的各種聲音，但又很喜歡她帶我上咖啡店、麵包店和敞亮的超市，那裡有很多引起我興趣的氣味和物品。每當我從外出袋裡好奇地探出頭張望時，常有人會誇我，好可愛的小狗哦！嗲媽就會很開心，就跟人家誇她美麗一樣。

但是，我認定嗲媽是我的主人並不是因為她照顧我，而是我看出她才是這個家的主心骨，那個有決定權的人。表面上看來，酷媽話少又果斷，好像很有權威，其實她全聽嗲媽的，她寵著嗲媽，就跟嗲媽寵著我一樣。我們看起來完全沒有自我保護能力天真無辜脆弱又美麗，需要勇者的保護，我們常不需說什麼，只要靜靜地等待，就會等到像肉骨頭這樣美妙的東西。這樣說可能有點玄，如果感到難以置信，我還有一點補充。這個公寓其實是嗲媽的，酷媽名義上是房客，每個月要拿房租給嗲媽作家用的。每次我們一家三口出門散步，遇到熟人，嗲媽都是這樣介紹的：這是我的狗兒子，她是我的房客。

日子過得很快，轉眼嗲媽酷媽都各自過了兩個生日。我很期待媽媽過生日，家裡總充滿著食物的香味和笑聲。有時會有朋友上門，這些叔叔阿姨都很愛鬧，大家喝啤酒聊天，醉了就唱歌，到了晚上點起大蠟燭，屋裡有蠟油的氣味，火苗飄動不定，嗲媽把我抱在懷裡要我別去撲蠟燭，我就對著那搖來晃去的燭火汪汪叫個不停，惹來大家一陣笑。

嗲媽過的第三個生日，氣氛有點不一樣了。之前幾天，嗲媽心情就不太好，嚷著不過生日了，女人過了三十，就不合適再過生日了。酷媽笑她，有危機意識了，但雖然年過三十，看著還像二八……酷媽說的是什麼意思啊？二八和三十好像沒差多少，但是嗲媽聽了心情好一點，坐到了酷媽腿上。我也趕緊地撲啊跳啊，硬是讓嗲媽把我抱在懷裡，這樣我們一家子就坐在了一個沙發上。這是一個深色格子呢沙發，上面鋪著嗲媽的十字繡作品，兩個媽媽常擠在那個沙發上看電視，酷媽叫它愛的沙發。嗲媽圈著酷媽的脖子低聲說，我答應我媽，三十歲前要結婚的。酷媽握住她柔軟的手，不是有我嗎？我會照顧你一輩子，你、我和寶寶，永遠在一起。我興奮起搖起尾巴。

但是嗲媽還是悶悶不樂。你能當小寶的爸嗎？我們能有自己的孩子嗎？聽到這話，酷媽臉一沉，自己移往另一個沙發，咬牙切齒，你，後悔了？

嗲媽哭了。以前，只要嗲媽一哭，酷媽啥事都依她，還要不停陪小心，這回酷媽卻還是板著臉。我舔舔嗲媽的臉、臉上的淚水。嗲媽哽咽，我沒後悔啊！是我媽在嚕嘛，生日那天她要來。

聽了這話，酷媽也沉默了。外婆來過幾回，每回兩個媽媽都顯得很緊張。她們把家裡重新整理一遍，各自回房去睡。外婆住得遠，每趟來要住上幾天才回去，那幾天，酷媽常加班到很晚，回來後，自己在廚房煮泡麵，吃罷，早早回房去，我陪著外婆和嗲媽看電視。外婆不討厭我，但常絮絮念著：有時間養狗，沒時間交男朋友？惜狗，還不如自己生一個來惜。

生日那天，酷媽買了蛋糕，晚飯後大家吹蠟燭切蛋糕。我在想，為什麼我就不過生日呢？這樣我也可以吹蠟燭，也許可以嚐嚐它的味道。她們拍了一些照片，嗲媽臉上帶著笑，但是她抱著我時身體很僵硬。我還是比較喜歡以前的生日。

外婆回去後，我們都鬆了口氣，日子回到原來的軌道。每天嗲媽還是晚起，而且越來越晚，我在籠子裡醒了又睡睡了又醒都不知道幾次了，她才睡眼惺忪走來，抱歉地說寶寶對不起，你憋急了吧？她拉著我在街上走，到小公園裡去，都是我們慣走的路，唯一不同的是，向來打扮得很整齊的嗲媽披散著頭髮，戴個墨鏡，好像受不了早晨的陽光。還有，她在公園椅子上常一坐坐很久，把我抱在她膝頭上，一面撫摸我，一面說著不著邊際的話。

寶寶，你說這世界是怎麼回事啊？寶寶，媽媽該怎麼辦啊？

嗲媽很善感，她這樣神經兮兮其實我不擔心，等到酷媽也開始對我說一些莫名其妙的話時，我才察覺到事態嚴重。那天，我們在浴室裡，酷媽在我身上頭上搓了許多泡泡，然後沖水，卻忘了洗我的腳。剛洗完澡的那天，我可以上兩個媽媽的床，在軟軟的棉被上一腳高一腳低地走，媽媽們或坐或躺或趴，隨便我在她們身上踩來踏去，我撲到嗲媽身上，又咬住酷媽褲管，媽媽們笑成一團，然後我們會玩一下枕頭仗，通常是兩個媽媽攻我一個，打著打著，如果枕頭誤中了某個媽媽，那個媽媽就成了我的戰友。我很期待枕頭仗，所以我汪汪試圖提醒酷媽，沒洗腳我不能上床，可是她只是無神地看著泡泡被水沖走。洗完，她用毛巾把我包起抱在懷裡，看著我的眼睛，我看到她摘掉眼鏡的眼裡布滿線絲，那眼光裡有悲傷、迷惘、痛苦和失望。我被懾住了，動也不敢動。然後她啞著嗓子說，寶寶，媽媽該怎麼辦？

我聽到相親這個名詞時，不太理解它的意思，但能肯定的是，它像一顆威力無比的炸彈，把家裡的寧靜炸碎了。兩個媽媽中有一個要去相親，而這件事讓兩個媽媽都抓狂！

我本來正咬著一根假骨頭，那是酷媽買給我的，上面有肉的氣味但吃不到肉，是那種食之無味棄之可惜的玩意兒。我正專心地咬著時，突然聽到房門很用力被關上，酷媽氣沖沖跑出來，她兩眼冒出怒火，雙手握拳，朝愛的沙發狠狠踢了一腳，眼睛掃視四處，不知在找尋什麼目標，我連忙躲進籠子裡，頭埋進我的小毯子。聽到外頭啷啷噹噹一陣亂響，然後大門砰一聲。我抬頭看，客廳裡沒有人，但是酷媽強烈的氣息還在，我甚至還可以聽到她粗重的喘息聲。過了很久，嗲媽從房裡出來，她不可置信地看著凌亂的客廳，然後看到從毯子裡探出頭的我，啞著聲音叫了聲寶寶，淚珠滾落雙頰，兩個眼睛腫得像超市裡的杏仁果。

嗲媽把翻倒的盆栽和泥土收拾了，地上的書撿起來依原樣堆在茶几上，地也掃過一遍，才把我抱在懷裡，我感到她溼漉漉的臉貼著我的鼻子，我輕輕舔了她一下。

寶寶啊，媽媽好難過。媽媽以前有個男朋友，分手後，遇到了她。她那時對我很溫柔很體貼，比我原來的男朋友不知好多少倍，我跟她在一起很快樂，我們一起做好多好多事，我們那麼了解對方，但是現在……

嗲媽的聲音又裂像撕開的布，抱著我又哭了起來。我覺得很悲傷，也很沮喪，費力掙脫了那個越來越令我窒息的擁抱，從她膝頭跳下，想去找我的小鴨。天底下最能讓自己開心起來的事就是玩耍，我想把小鴨咬來給嗲媽，借她玩一下。找來找去就是找不著小鴨，突然之間，前腳掌一陣刺痛，我哀叫一聲，接著只要我的前腳掌落地，就痛得不得了。我屈起刺痛的腳掌，原來上頭刺進了一片碎玻璃。這個發現讓嗲媽的傷心轉為憤怒。她臉色很難看，把我小心抱在懷裡，火速趕往寵物醫院。

我吃了一點苦頭，但說真的，腳不痛了，我也就算了，雖然我還是沒搞懂為什麼找小鴨會刺到腳，還有，為什麼從醫院回來以後，嗲媽一改過去輕聲細語的溫柔，竟然也對酷媽大吼大叫。她不進廚房了，我的南瓜和肉糜斷了貨，只能吃狗食喝冷水。

相親的事後來怎麼了結，我搞不清楚，只知道有一天，嗲媽撕碎了一些照片，酷媽剪破了一件長褲，兩個人都像瘋了一樣，整個屋子裡有一股瘋狂糾結的氣流如龍捲風，輕易可以毀滅一切。後來嗲媽搶過酷媽手中的剪刀，然後酷媽把嗲媽緊緊抱住，兩個人都跌在地上。我汪汪跑過去，不知道該幫誰。照理說，我該幫嗲媽，她是我的主人，然而是酷媽把我帶出那個討厭的寵物店。我對著她們兩人汪汪一直叫，這時看到剪刀被扔在地上，上頭有鐵腥味的液體。

自從剪刀事件後，日子好像又恢復到以前。兩個媽媽彼此客客氣氣講話，酷媽每天按時上下班，哆媽照樣打理家務和三餐，其他時間都在電腦前答答答打字。我很無聊，趴在她腳前，不知不覺就睡著了。有幾次竟然被哆媽的笑聲給驚醒了。好久沒聽到哆媽的笑聲，她的笑聲很嬌很脆，非常悅耳。我以為她在對我笑，連忙搖搖尾巴，卻看見她眼睛盯牢電腦螢幕，手裡還答答答快速打著字。打一打，停一停，看著螢幕笑，然後再打。

冬天到了，我的日子更無聊了。早晨如果出太陽，哆媽會替我穿上連帽小外套，帶我去小公園，讓我獨自在草地花圃裡大小便，自己坐在長椅上，在手機上撳來撳去。晨光照在她輪廓分明的臉上，整個臉都在發光。哆媽真美啊！我搖著尾巴過去，雙腳搭上她的腿，希望她能抱我，但她只是在手機上繼續撳著，忘了我的存在。

哆媽開始白天自己出門，不帶我去了。當她穿好衣服從房間裡出來時，我聞到一股以前沒聞過的香氣。哆媽穿上新買的兔毛靴子，圍上一條方格大圍巾，包住漂亮的髮髮，柔聲對我說，寶寶，媽媽有事要出去，一下下就回來哦！我汪汪兩聲表示知道了。可是哆媽出去好久好久都沒回來。從早上到中午，從中午到傍晚，我不知道醒了幾次睡了幾次肚子也餓了，才聞到她的氣味，聽到開門的聲音。

幾次以後我就知道了，哆媽如果自己出門，那就要傍晚才會回來，帶著盒飯或燒雞烤鴨作為晚餐。她不再管我不能吃高鹽分的食物，常常就丟幾塊炸雞披薩麵包給我，這些食物充滿油香，只是吃了以後口渴。因為沒有定時出去散步，我有時會在家裡隨地大小便，惹她不高興。伺候一個還不夠，要伺候兩個？她會這樣說著，聲氣很像外婆。

這天酷媽回來時，一副很累的樣子。她說公司裡頭內鬥很厲害，想另謀高就，但是理想的工作卻離這裡很遠。酷媽說完這話，盯著哆媽看，哆媽不置可否。酷媽又問哆媽今天過得好不好，在家都做什麼？哆媽說，今天頭痛，哪裡都沒去，連狗都沒遛。我奇怪地看著哆媽，她不是出去了一整天嗎？

那你休息吧，我帶寶寶出去走走。酷媽替我繫好狗繩，抱我下樓去。她走得很急，我聽到她心砰砰跳得好快，一直到巷口，才想起要把我放下。我抖了抖毛，終於可以出來走走了，今天打算好好跑一跑。我咻地往前衝去，酷媽在後頭緊張大叫，寶寶，小心車子！我還是拼命向前跑，跑啊跑，好像要飛起來似的，覺得心裡頭好委屈，好沮喪，好不開心，藉著這狂奔，把這陣子心裡的積鬱全都發洩出來，這就是我們狗族賴以生存在人類社會的祕訣啊！

寶寶！酷媽的叫聲，還有街上汽車喇叭聲，無數人車光影在眼前晃動，亂轟轟地世界像要崩裂一般，我突然膽怯了，煞住腳步。酷媽氣喘噓噓把我抱起，不要命啦，怎麼不聽話呀！她滿臉通紅，寒冬裡額上冒出薄汗，我嗚嗚低叫了一聲，靠在她身上。酷媽緊緊抱住我，生怕我再跑掉，一直到了小公園，她才放我下來，手上緊緊握著我的繩子。我扯著她到處抬腳灑尿，在我的領土上都作過確認記號，並探知了剛才有哪些朋友們來過，忙了好一陣子才安靜下來，蹲在她腳旁。

寶寶，她怎麼能這樣呢？好幾次，打她手機都不接，說在睡覺，剛才你也聽到了，她說沒出門，可是身上那香水味！她以為洗了臉卸了妝換了衣服，就神不知鬼不覺？

酷媽喃喃對我說了一堆話，我知道她心裡不舒服。我想安慰她，哆媽一個人偷偷溜出去玩是不應該，教她下回別忘記帶上我們倆就好。我汪汪叫了幾聲，酷媽摸摸我的頭，長長歎了口氣。

已經很久沒洗澡了，我很介意這件事。並不是我的朋友們對我的味道有什麼意見，事實上，我們喜歡強烈的氣味，這也是我偏愛哆媽的原因。我們不像人類那樣把氣味分作好聞和不好聞，而是分作可食或不可食、危險或安全、是拉布拉多毛毛，還是雪納瑞小奇。我對氣味的記憶非常好，聞過的東西，只要再聞到就能辨別。最近我發現，哆媽身上的味道改變了。不是那種酷媽稱之為香水的東西在混淆，是一種根本上的改變。好像有一個人的味道沾在她身上，浸染著她，進入了她，跟她的體味融合。每次她抱著我時，我像個偵探在她身上嗅來嗅去，想找出那個人。

我之所以介意沒洗澡這件事，是因為不洗澡就不能上床，不能上床就不能玩枕頭仗。我想念跟兩個媽媽一起玩的時光，那時候，她們笑得多響多開心。還有，幾天前，我臥在嗲媽腳背上時，嗲媽縮了縮腳說，寶寶，你身上味道好濃啊，搞得媽媽身上全是狗味，別人聞到了多不好！

終於這一天，嗲媽在愛的沙發上坐下，酷媽坐在茶几上面對著她，我想上愛的沙發，但她們好像忘了我。不，她們沒忘，因為她們很快就說到我。寶寶怎麼辦？

酷媽說她要換工作到另一個城市，沒法照顧我了。我嚇了一跳。酷媽要走了？以後，我只有一個媽媽了？那誰幫我洗澡梳毛，跟我玩球？我不捨得酷媽那酷酷的樣子，還有她不說話只是那樣看著你，就讓你感覺到很多很多。

嗲媽看了看我，似乎很難啟齒。我聞到她身上越來越濃的那股味道，陌生人的味道。最後她低下頭小聲說，我，也沒法照顧寶寶。

酷媽愣住，我也呆住了。嗲媽在說什麼啊？我是她最愛的寶寶，她的心肝她的寶貝，她怎麼會沒法照顧我？

嗲媽抬起頭來，可能這件事她考慮很久了，一直沒勇氣說，現在被逼急了，就顯出一股狠勁兒。她是這樣說的：寶寶是你送給我的，是我們的定情物，現在我們分手，當然要把定情物還給你。如果留在身邊，我看到牠就想到我們……

酷媽掙扎著要說什麼，我也緊張地屈起那隻受過傷的前腳掌，但是哆媽繼續說下去：即使我願意，他，他也不願意。他不喜歡狗。

酷媽不能帶我走，哆媽不能留下我，我從兩個媽媽，變成一個媽媽都沒有了！這種事怎麼可能發生呢？在兩個媽媽的沉默中，我悄悄夾著尾巴回到籠裡。兩個媽媽開始小聲爭吵起來，似乎怕我聽到。難道她們也曉得我雖然是隻狗，但什麼都知道？當我睡去的前一刻，腦裡閃過一個畫面：雨夜，那個人對著我直直跑過來，她在玻璃箱外看著我，眼睛裡閃著淚花。

第二天一早，酷媽想把我從籠子裡抱出來，我拚死抵抗，但是我畢竟只有三公斤，哪能敵得過力大無窮的酷媽？酷媽把我裝進外出袋裡，哆媽在旁說寶寶乖。當大門關起的那一瞬間，我知道我不會再回來了，永遠不會再進這個家門了，別問我，我就是知道。

我又回到了那個寵物店，店主有點驚訝看到我。我本來是瘦伶伶沒人要的可憐蟲，現在變成又臭又髒毛都打結淚油漬兩道的醜八怪！舉頭四望，沒有一個認識的朋友，倒是有幾個空床位。我立刻被抱到後頭去洗澡修毛了，最後回頭望一眼酷媽，她對我揮揮手。我又像回到了那個雨夜，雨水讓整個世界看起來很怪。記得一隻老狗告訴過我，只有在要死之前我們才會流淚。現在，我還沒有要死，但覺得跟死也差不多了。

我在透明箱裡等待，等得睡著了幾次，不知道自己在等什麼？等一個新主人？等一個人從街上大踏步向我走來？突然間，我搞不清楚自己倒底是睡著了還是醒著，因為的確有個人直直向我走來。

酷媽已經收拾好行李，嗲媽也收拾好我的物品，全都搬到巷口了。電召車馬上會來，我將跟著酷媽到她新租的房子去，以後，那就是我的家了。嗲媽最後一次抱了我，沒用那些會讓我臉紅的小名叫我，也沒有哭，所以我沒有機會最後一次為她舔去淚水。她以前是愛我還是愛酷媽，她現在是不愛酷媽還是不愛我？我這隻喜歡用腦的貴賓狗怎麼也想不通。她以前那麼愛我，是不是因為她愛酷媽，現在她不愛酷媽了，所以就不愛我？我聞著她身上陌生人的氣味，不舒服地扭動著，於是她把我放進外出袋裡，掛在酷媽的肩上。

上車後，酷媽把我放在她腿上，一路都沒說話。我靜靜趴在袋子裡，車子一震一震，時動時停。即使看不到，我知道她一定是哭了，眼鏡摘下，雙唇顫抖，眼裡都是淚花。酷媽的氣味籠罩著我，有點像雨下到柏油路上激起的塵土味，也有點像我每天早上第一次嗅聞的青草腥。我感到悲傷，也很安慰，我知道她會一直愛著我，有開始但沒有結束，就像那個雨夜，一看到我，眼裡就再也沒有別人。

我就是知道。

首載於二〇一一年四月二十六日至五月三日美國《世界日報・小說版》

貓與狗的戰爭

這個三房兩廳的普通格局裡，竟然有一間大房整面牆做成書櫃，一扇明亮的大凸窗居高臨下俯瞰小區裡的金魚池和綠地。

大衛被美國總公司外派到上海，一到任就忙得像陀螺打轉，難得沒有應酬，也得在暫時下榻的酒店把電腦擱在腿上工作到深夜。這間公寓的這個房間，可以是絕佳的書房兼辦公室。

我從六層樓的窗邊往下看，金魚池旁幾棵桂樹張開了綠傘，樹下的長形大石上，盤據著四五隻黑白相間的野貓，一個瘦伶伶的老婦站在一旁。初夏早晨的陽光照在這一方角落，老婦和貓們一動也不動。眼前安靜的晨景像一幅畫。

「就這間吧。」我回頭對仲介小馬說。小馬臉上綻開了笑容。高昂的租金，讓他的提成極為優渥。

尾隨小馬經過金魚池，老婦和貓們還維持著原來的姿態。現在我看清了，大石頭上是一隻母貓，懷裡擠著三隻小貓咪，原先可能是在吃奶的，現在全都在暖洋洋的晨光裡睡著了，最靠近我的那隻小貓仔，睡熟了，嘴巴有時突然嘬吸幾口，喉嚨咕嚕嚕吞嚥著，模樣逗人極了。我想再看清楚點，母貓卻洞悉了我的意圖，警醒地抬起頭，琥珀色的眼睛牢牢盯住我。貓。我記起自己小時候曾懼怕牠們過於尖利的爪子和神經質的反應。這時，老婦嘴裡發出哦哦的聲音安撫著，母貓看了老婦一眼，鬆了脖頸躺平了。

「好可愛。」我對老婦說。

「是。」老婦有點彆扭地回答我，微微鞠躬。她看來約七十歲，臉上塗著脂粉，還畫了眉黛和口紅，身上是質料很好的珊瑚色真絲上衣和黑長褲，手裡挽一個編花麻袋。

我快步跟上小馬，他在前面四五步的地方等著。

「小區的日本人很多嗎？」

「是的，這一區日本人很多，專門做日本人生意的店也很多。」

「比較貴吧？」

小馬搖頭。我知道那不是否定，是對那些比市價高出數倍的奢華消費搖頭。

「哦，林太太，有件事先跟您打聲招呼，」小馬臉上露出一絲尷尬的神情，「您看上的那套房，呃，房東交代過，不租給臺灣人。」

「為什麼？」

「他們以前租給臺商，把房子搞得一團糟，大概是拿來充作會所，搬走後，花了一筆錢重新粉刷換傢俱，後來幾個租客也是臺商，總是租約不到就說工作有變動，要回臺灣去了。遇上這種房客，房東也煩，對吧？」

「也不是每個臺灣人都這樣。」我跟那些臺商租客一點關係也沒呀！額頭開始冒汗。上海的夏天溼度真高，完全不似美國西岸的乾燥。

「明天簽約的時候，就不提您們是臺灣人吧？」小馬小心翼翼地說。

這不是掩耳盜鈴嗎？臺灣人的口音一聽就知，全拜臺灣綜藝和新聞節目之賜。即使不上網不裝衛星電視，公車上的電視螢幕也不停播放著臺灣新聞。有錢還怕找不到真心歡迎的房東？如果是以前，我早就拂袖而去，但是幾個月窩在酒店，真是窩怕了。我想要建立一個真正的家，一個溫馨安全的休憩所。我又想起那個書房，窗下那個金魚池和在晨光中吃奶吃到睡著的貓咪。

「我們是美國人。」我面無表情地說。以美國護照進來中國，上回大選投票選的也是美國總統，難道不是美國人？簽約時能拿出的證件，也只有深藍封面的美國護照，不是紅色，也非綠色。

簽約時候我沒到場，一切委託小馬處理。我在小區裡到處走看，發現這裡有非常多野貓。貓們端坐如石雕，眼如寶石閃爍，長尾繞到身前包住前腳，嚴絲合縫，像曳長裙不露趾的閨秀。

把貓看作是一道生動的風景，但保持安全距離的我，一直到三個月後才知道小區裡有幾隻貓。

「十七隻。今年多了六隻。」成田太太告訴我。我經過金魚池時，她正好在餵貓，從麻袋裡拿出一包塑料袋裝的小魚米飯，倒在大石頭上，附近的貓立時聚攏來。她在茂密的繡球花叢下也放了些，給那些喜歡躲在花叢下的貓。空氣中傳播著食物的信號，我彷彿聽見成田太太喊著：ご飯ですよ，像小時候母親一邊脫掉圍裙，一邊笑咪咪對饑腸轆轆的我們喊。

更多的貓從籬笆那頭、小徑那邊過來了，牠們不慌不忙腳步堅定，移動時依舊帶著一份優雅。圍著飯堆，牠們並不爭奪，只是拱坐著安靜進食。生在野外卻看來如此潔淨，毫無例外地每一隻都有斑斕的花色和精巧的五官，眼睛裡透著難解的神祕光芒，我看不懂牠們對我這外來客是心存善意或是惡意，能確知的是，跟成田太太在一起時，貓一定是友善的。

常遇見成田太太在餵貓看貓，她是小區貓群的守護者，我私底下稱她貓婆婆。貓婆婆在上海已經五個年頭了，能講一點中文，帶著日本腔。不知如何說時，她會在手心裡寫幾個漢字。我要她教我一點日語，她就教我早安、晚安、謝謝和再見，我馬上記住了，她誇我聰明。其實這些簡單的問候語，我早就會說了，那是從祖父母和父母那裡反覆聽到，無意識中進入腦裡的語音。火腿、奶油和紅蘿蔔，很多食物的名稱都是用日文說的，到現在也不知道臺語該怎麼說。當我告訴她我是臺灣人時，她啊一聲點頭：臺灣人嗎？那反應既親又疏既遠又近。快七十的成田，一定有某種程度的臺灣記憶吧？她的父母也許住過臺灣。整個日本對臺灣殖民的記憶，也像那些片斷的日文詞語，進入了所有人的意識中吧。

跟成田默默站在一起，被貓圍繞著的我，雖然無法用日文或中文跟她暢然溝通，卻感到輕鬆。

「有些上海人討厭臺灣人呢。」我突然說。

「啊？」成田太太有點吃驚，「會嗎？」

她看著我，以為我會解釋，但我什麼也沒說，只是搖搖頭。這搖頭，也不是否定的意思。

我們默默看著貓們把米飯舔食乾淨，伸出舌頭滿意地舔嘴巴。天天餵食這樣一大群野貓，很累人吧？成田太太對來腳邊磨蹭的貓瞇起眼睛微笑。能贏得警戒心深重的野貓的心，真是不簡單。我們都在守護著某個對象，而她的守護似乎更加深情不悔。這是成田太太羈留上海的原因嗎？

更多上海人討厭日本人呢。從浦東機場到市區的出租車上，司機非常健談。他從口音馬上猜知我們的原鄉，一直探問臺灣好還是上海好？

我們對上海，還不熟，大衛這樣回答。而且離開臺灣很多年了，我在心裡補充。

司機問不出所以然，轉移話題說起「小日本」。他說他最恨小日本，在機場只要一載到西裝革履來上海做生意的日本男人，一定遠兜遠轉繞大圈子，斬他們蔥頭。你們臺灣人一定更恨小日本吧？

你不能選擇被殖民的命運，就像你不能選擇那些從生活裡點點滴滴滲進來的日本元素。像皮膚上的刺青，喜歡也好厭惡也罷，它成為你的一部分。頹頹老去的母親閒聊時脫口而出的日語單字，在病床上叫喚去世的外公外婆也是用日語……

車子下了快速道路，在密密車陣裡衝鋒陷陣。十字路口前，燈號變換的一瞬間，一個行人匆匆跑過。尋死啊？司機喝斥，撞死活該。然後他推心置腹告訴我們，撞死還好，就幾萬塊錢的事，撞殘了，一輩子賠不完。中國人命不值錢哪！他不知是感歎，還是慶幸自己有撞死人的本錢，因為他的結論讓我跟大衛面面相覷。他說，中國的人口太多了，我們需要一場戰爭。

「你在上海做什麼？」

「啊，我嗎？」成田太太被人從夢裡喚醒般，「我教生け花，日本插花。」

跟成田太太學插花的，都是陪著先生在上海照料孩子的日本太太。我常在小區見到她們，苗條嬌小的身影，戴一頂小圓帽，臉上化著妝，即使是休閒服，搭配也都稱得上時尚。小區裡的孩子都交給保母或奶奶外婆帶，媽媽上班去，那些帶著幼兒的年輕媽媽，幾乎都是日本人。

成田太太是獨身在上海嗎？我很好奇，卻不好意思詢問。在美國養成尊重隱私的習慣一時還改不了，總覺得這種探詢很無禮，雖然過去半年來，我已被探詢過無數次。最奇怪的探詢來自陌生人。例如出租車司機。他們把我載入這個高檔小區時常要問：房子是買的還是借的？借多少錢一個月，房價一坪方米幾錮？

成田太太略略收拾，跟我道再見。

「要回去了嗎？」我的語聲中透出一絲我不願承認的不捨。除了出租車司機、打掃衛生的鐘點工、超市、郵局和銀行的服務人員以外，我沒有人可以說話。

成田太太似乎看出了什麼，邀我到家裡喝杯茶。

成田太太住在底樓，大門就在電梯旁。屋裡很暗，底樓的採光真的不如高層，我暗忖，而且也不安全。成田太太一換上人字拖鞋就拖著腳走路了，在一塵不染的木板地上沙沙地走來走去，一會兒端來一碟紅豆羊羹、一杯冒熱氣的綠茶。

她在我對面坐下，長長舒了口氣。回到自己家的成田太太沒那麼拘謹了。我張望著室內布置，不出所料，收掇得十分整潔，布置也雅致，有不少大衛口中「無用但好看」的擺飾和圖畫。一般的華人住家，別墅也好，高檔公寓也罷，都還是豪華裝修後的實用空間，鮮少有什麼真正的藝術美感。「妳喜歡住底樓？」我讚賞了幾句後問。

「是，為了這個。」她起身拉開通往小院的兩扇玻璃門。小院跟外頭隔著樹牆，經過的人看不清裡頭。小院角落有個蓮花池，幾片圓葉浮在水面，「裡頭住著青蛙。」她用不太通的中文說。其他地方擺了一個個大盆栽，黃色、白色和紫色大菊花正盛開，一旁一大叢茂密的八角金盤比人高，從那濃綠中突然鑽出一隻黑色大狼狗。

我嚇得後退一步。

「庫洛！」成田太太喊，狼狗搖著尾巴過來了，溫馴地讓主人撫摸牠的頭。但即使是此時，牠冷冷的眼睛餘光並沒有放過我。

沒想到貓婆婆家裡養的竟然是狗，而且是能咬死人的大狼狗。

大衛從酒宴回來，顫巍巍地脫著鞋襪，我沒有上前幫忙。如果我是日本太太，或許會，但我只是徒然問一聲：「喝多了？」

「白酒紅酒混著喝。」他顛顛往廁所去。

從廁所出來，他臉色好多了。我遞上一杯熱茶。

「有兩個日本公司代表，要回去了。」

來來去去，是常有的事，但大衛說這回不同。「日本大使館那裡，很多人抗議。」大衛說，「這回，中國和日本幹上了。」

我記起在網上看到指責日本的新聞。我的惡夢是，有一天，我們跟他們站在敵對的兩邊，兵戎相見。網上紐約時報說，大選在即，今年兩大黨都把苗頭指向中國，攻擊對手跟中國靠攏。美國經濟不景氣，原因是中國？長著黑髮黃膚的亞裔移民及其後裔，是否又要睡不安穩了？但現在此刻，它沒有發生。它跟我沒有關係。

「臺灣、美國、中國，」大衛說，「就像母親、情人和合作伙伴，三者之間有了衝突，你偏向哪一方？」

「正義的那一方。」說出此話，我噗哧一笑，想到童年在臺灣熱播的日本卡通片無敵鐵金鋼，片頭曲：我們是正義的一方，要和惡勢力來對抗。笑罷，回過味來，「怎麼是情人，不是太太？」我揺他。

「好吧，太太。」大衛故作無奈，「那答案就很明顯了。」

「什麼意思？」我再舉起拳頭。

「你只想著感情，忘了底特律血案？」

當年日本汽車攻占美國市場，車城底特律的失業工人，憤而拿棒球棒把一個日本人打死。然而被他打得稀爛的那張東方面孔和身軀，不是日本人，是中國人。不只是日本人，韓國人也是，中日韓的東方面孔，難以分辨。大家在同一條船上。利益攸關枯榮同命，是共同利益的那一方。答案竟然是合作伙伴？

「不是情感上更重的一方，就是利益更相關的那一方，但絕對不會是正義的一方，」大衛說，「因為，呃，比較起情感和利益，正義這碼事才是最難斷定的。」大衛靠在沙發上，閉上眼睛。

根據規定，我們這個境外人士家庭需到居委會報到。接待我的是楊老師。這些辦事員都稱作某某老師。楊老師四十來歲，爽朗健談，聊兩句話就能跟人知根知底套近乎。她說我早就該來報到了，還要抓緊時間去公安派出所作個登記。

我怕見公安。聽說此間新聞不允許報導警察的負面新聞，所以一般大眾把警察跟人民保母畫上等號。雖然我奉公守法，卻不能克制自己對公安的恐懼，這恐懼跟我聽到解放軍就會想到血洗臺灣一樣，是一種條件反射，理性無能為力。我敷衍著應好。楊老師又問我，家裡有養狗嗎？

「沒有啊，怎麼，狗也要登記？」我笑問。

「狗當然也要登記，要辦證的。」楊老師說，「因為小區裡有人的狗被貓抓瞎了眼，所以我們要提醒大家，別讓狗跟那些野貓走得太近。」

「啊！」我感到有點不安。「那個日本人，成田太太，你知道嗎？」

「曉得，」楊老師說，「天天餵貓的那個。」

成田太太遞給我一束開滿白色小花的枝葉，說它叫飄雪。讓我想到大阪的冬天，她依依地說。又給了我一束結滿紅果的枝葉，它叫紅豆，紅豆是相思，今天我們要插的是思念……插在哪裡呢？我沒有花器。環顧四周，只見貓影重重，牠們在桌子窗臺上或坐或臥，眼光中不知是善意還是敵意，而此時一條黑影竄上來對我咆哮……

想到夢中景象，我感到荒謬。如果要在中國學插花，也應該學中國傳統花藝呀！據說日本的花道，是從中國傳去再發揚光大的。其實，在美國時，我對日本人並無好感。幾次被洋人誤認為日本人時，我都沒好聲氣。那時想的是國仇家恨嗎？還是因為在美國人心目中，日本人幾乎是白種人？他們膚色白，國家進步，還出口高端科技產品，得到白人的青睞，有別於亞洲其他開發中的國家。

但是，現在成田太太和我，都只是上海人眼中的「外地人」。

又其實，如果真要選邊，我應該是狗族的一員。小時候，院子裡養著一隻白色土狗，長長的尾巴一見人就拚命甩動，吐著紅色的長舌頭。那是爸爸下班途中一路跟他回家的小白。小白盡忠職守，對所有上門的訪客和郵差一律大叫示警，牠總在院子和附近巷道轉悠，黃昏開飯時候一定回來。但是，就像牠來得突然，有一天，牠再也沒有回來。爸爸牽著我和弟弟的手，在附近到處喚牠的名，小白……

狗族的我，現在更關心貓；與日本人的微妙敵意，也在同為外客的情境下消融了。情感和共同利益，看來也不是恆久不變。

我從書房的大窗望出去，還是沒有見到成田太太的影子，難道她也回日本去了？金魚池邊空蕩蕩，連貓也不見蹤影。這可奇了，那裡向來是小區貓群出沒處，除非天氣不好，無論何時總會看見幾隻貓拱背坐在那兒。

我想到，貓婆婆不在，沒有人餵貓，貓一定餓壞了，裡頭還有隻大腹便便的母貓呢。還好飯鍋裡尚有一點昨晚的剩飯，我拌了點魚鬆，學貓婆婆那樣裝在塑料袋裡。

拿著貓食，在金魚池邊走了一圈，沒看見一隻貓。我甚至把那片灌木叢都找遍了。貓都跑哪裡去了？

「儂好。」一個人快步走來。

「楊老師。」

「你，要餵貓？」

「是啊，可是一隻都沒看到。」

「都沒了。」

「都沒了，什麼意思？」

「都被，呃，城管抓走了。因為，你也曉得，有業主投訴，貓抓瞎了他們家的狗。野貓，還是有危險的，那些有小毛頭的業主都同意。」

我打了個冷顫。抓走了？抓去哪裡？我不敢再問。城管。維持市容秩序的執法者。報上沒有，但網上有。不是說，那個趕驢車趕了八小時進城賣紅薯替兒子治病的老漢，被城管幾個巴掌打倒在地，紅薯都砸爛了；不是說那個賣菜的老婦，被城管扯去斤秤時，連帶扯斷一根手指……

人都這樣，何況野貓？池旁的大石頭上，似乎還看得到那捍衛幼仔的母貓，一雙琥珀色的眼睛。撲殺十幾條野貓，就是一項任務而已。所有的貓需要為一隻貓的行為付出生命的代價嗎？狗有狗主為牠們維權撐腰，野貓呢？

「成田，成田太太呢？」

「她自身難保噢，說是跌傷了，好幾天不能出門。我昨天去看望她，沒人應門，今天要再去一趟。我們照顧老人是不分中國人日本人的，當然，還有臺灣人。」楊老師匆匆走掉了。

開戰了。

大砲隆隆如雷，機關槍砰砰掃射，手榴彈擲出爆破，還有咻咻衝上天去的照明彈……一剎時，槍林彈雨硝煙瀰漫，所有狗加入了攻擊的陣營，昂首怒吼，汪汪吠成一片。

一輛綴白紗鮮花的賓士禮車，在對面大樓門前停下，款款步出一對新人。娶親或喬遷，每天小區幾乎都要熱鬧一次。

我想著去看望成田，但一直沒去，我怕看到她現在的模樣，也怕自己得為這件事提出合理解釋。原來，強勢群體裡的個人，也有他們的無奈，屬於這個強勢群體所犯下的罪行，每個人都要背負。

小區依舊，沒有貓影的金魚池開始有一些小朋友來玩，坐在以前貓坐的石頭上看魚。遛狗的人也來了，貴賓狗雪納瑞拉布拉多和金毛獵犬，牠們在石頭旁灑尿，占領了原屬貓的領地。

我惶惶下樓，站在這些人身旁。他們開心地說笑著，小孩在草地上跑來跑去，蹲在池邊看金魚。狗們到處聞聞嗅嗅，抬腳在樹幹上灑尿，一隻金毛獵犬咬了球，搖頭晃腦送到主人手中。比起貓，牠們顯得單純而莽撞。如果，我忍不住這樣想，如果此刻，這隻原本溫馴可人的金毛獵犬突然野性大發，咬住了那個穿著可愛粉紅短裙的小囡囡白嫩的臂膀，會怎麼樣？日子真的可以就這樣過，不論發生了什麼？

「這裡原本有很多貓。」我說，沒有針對哪個人，像宣布一條新聞那樣對著眾人。幾個人詫異地看著我。

「現在貓都不見了。」

「對呀，」一個男人接口，他懷裡抱一隻迷你貴賓，一隻手不停撫著牠鬈曲的巧克力色長毛，那隻手的小指頭蓄著長長的厚黃指甲。「那個日本女人養的。就是因為有人養，野貓才越來越多。」

「喜歡貓，養在自己家裡嘛，小區是大家共有的，成了你的養貓場了？」一個牽著小孩的婦人說。

「我喜歡貓咪……」孩子扯著婦人的衣角說。

我不敢像孩子那樣大聲說出心中的想法，只是默默站在那裡，彷彿也是他們中的一份子。

日本女人養的。男人的話揮之不去。小區的野貓，那些美麗神祕的流動風景，竟被看作是日本女人的屬物。他提醒了我，這陣子不但貓沒有，貓婆婆不見，連那些常帶著孩子在小區裡散步的日本媽媽們也消聲匿跡。我回來上網，果然中日關係越發緊張了，內地有的地方抵制日貨，日本學校被襲，日本的中國大使館前也有人抗議，還說要驅除境內的中國人，有日本商家從中國撤廠了。

難道這次如此決斷全面的撲殺，也因為牠們是日本女人的貓？我不禁胡思亂想起來。貓婆婆哪能善罷干休？大和民族不是愛走極端，不惜玉石俱焚的嗎？我的眼前出現了好萊塢電影中的畫面，只是這回的終極戰士是一隻黑色大狼狗，露出森森雪白的利牙，貓婆婆微微頷首，牠閃電般撲向抱著小狗的男人，噬咬和撕裂，驚叫和呻吟，鮮血濺在大石上，祭奠無辜的貓靈……還有那尖酸刻薄的女人，轉身想逃，卻哪裡能夠？一股熱氣哈上腳踝，下一秒鐘利齒已經刺穿皮肉……

原來我也如此嗜血，安靜的外表下，隱含凶暴的伏流。有多少個清晨和深夜，臨近的大街上高分貝炸響汽車喇叭聲，一直一直響不肯停，聲音如電鑽，穿破腦殼，搗毀生活的私祕和寧靜，在自家臥室卻感到在殺戮戰場。在這些束手無策被恣意凌虐的時刻，我的血液上湧，腦裡一遍遍舉槍對著駕駛座後沒有面孔姓名的陌生司機，毫不猶豫砰一聲轟掉他的腦袋。如同此刻，我怯弱地躲在自己的房間，在腦裡調動那隻大狼狗進行絕地大反攻。

我的嗜血狂想卻成真，或者說，有可能成真。隔天黃昏例行散步時，聽到一個外地保母高聲跟其他保母說著東家的小狗丟了。鑽到灌木叢裡，很久沒出來，喊牠也不出來，再也沒看到，主人都急哭了呢……我表情僵硬從旁邊經過，彷彿自己是共謀者。

貓婆婆從編花麻袋裡拿出一袋米飯，灑在大石頭上。月光照得大石雪一般白。深更半夜了，還餵貓？貓婆婆似乎聽見我的問話，似笑非笑地說：你不知道，貓晝伏夜出，保持著牠原本的習性，而狗，是被人同化了。她搖搖頭。我不懂這搖頭的實質含意，是憐憫還是不屑？

就在這時，四周樹叢裡開始窸窸窣窣作響，夜風急吹，響聲一陣急似一陣，突然黝黑樹叢裡亮起一對對眼睛，圓形的，杏形的，長形的，各種形狀奇奇怪怪的眼睛，非人類的眼睛如磷磷鬼火放光。是貓嗎？還是狗？

我從床上坐起。下雨了。雨打在樹葉上沙沙作響，我身上一陣哆嗦。一陣秋雨一陣涼。大衛此刻應該到西雅圖了吧？他不在時，我總睡不安穩。我披上睡袍到書房，從那扇大窗看出去，小區悄無人聲，萬物在黑暗中沉睡，只有幾盞路燈寂寥照著小徑。在金魚池那邊，彷彿有什麼動靜。我眼睛眨也不敢眨，果然，大石頭前有個人，旁邊還有個黑影動來動去。

我胡亂套上球鞋，拿了傘就衝下樓，小跑在溼滑的草地上，差點絆跤，但等我趕到金魚池邊，什麼也沒有。我左看右看，冷冷秋雨中，現實比夢境更加淒涼，又或者，這也是一個夢？正在胡思亂想時，看到大石上有一些散落的米飯。

我撳了幾次門鈴，無人應門。繞到後頭的小院樹牆外，我喊著：「成田太太，成田太太？」回應我的是一串憤怒的狗吠，那叫聲有金屬般的回聲，顯示著發聲者的殺傷力。我不敢再喊，靜立於牆外，從樹葉縫隙費力打量，想要看一眼那小院，又怕大狼狗誤會我的企圖。就在此時，有人拍了我一記，嚇得我魂飛魄散。

「噢，成田太太！」

成田太太請我入內。她行走時略跛。

「聽說你受傷了，我來看看。」

成田太太瘦了很多，原本總是梳得一絲不亂的頭髮草草攏在耳後，髮根都是灰白的了。「跌倒了，沒用，那些貓，有的剛斷奶……」她情緒突然激動起來，雙手緊緊抱住頭，一會兒才平復下來，搖搖頭。我不知道這搖頭的意思，是悲憐貓族的噩運，還是自嘲未能控制情緒？

她慢慢告訴我那天發生的事。聽說小區找人來抓貓，那時正是貓群集中在金魚池畔曬太陽睡午覺的時刻，她想去通風報信，讓大家躲開來，要不就到她家來避避。貓都知道她住的地方，只是忌憚於庫洛，不敢翻牆過來。能救一隻是一隻，她這樣想著，卻在草地上跌了一大跤，把腳踝給扭傷了。她拜託幾個花藝班學生，請她們跟居委會說情，看能不能救下幾隻，不要趕盡殺絕。但是，學生們都說此時此刻不方便出頭，還勸她，入鄉問俗，尊重小區中國人的決定。

「是生命呢，貓也是一條命。」成田太太反覆說著，眼眶紅了。

「貓和狗，你比較喜愛哪一個？」我問出心中的疑惑。為了愛犬情願住在陰暗的底樓，又把野貓視作寶貝。

「我保護貓，狗保護我。」她說。

我想到夜裡那兩個黑影。「你半夜遛狗？」

成田太太有點吃驚抬頭看我，「你看到了？」她喝了一口茶，她的手背上有兩三道破皮出血的爪痕，「我的庫洛很凶，白天不敢帶牠出去，怕嚇到人。」

「你是去找牠們的吧？」我問。

成田太太愣住了，「你是說？」

「我是說，小區裡還有貓，對吧？」

成田太太看著我，猶豫著，最後大概決定把我視為盟友了，「是，還有幾隻，牠們躲起來，很害怕，只有半夜才出來。」成田太太突然坐直身，對我彎腰致意，「拜託你一件事好嗎？」

是要邀請我參加作戰計畫嗎？

大衛回家時，一看到我就面露驚異。我懷裡的小貓咪半瞇著眼睛，看著男主人，牠全身雪白，只有耳朵和尾巴墨墨黑。

「爸爸回來囉！」我輕撫牠的頭。

「哪裡來的？你不是怕貓嗎？」

我搖搖頭，不知道大衛懂不懂。自己的貓有什麼好怕？尤其是這麼可愛的小貓咪。餵過奶後，牠會安然在我懷裡睡著。

投奔貓婆婆的母貓驚嚇過度，生下貓仔後兩天就死了，貓婆婆幫貓仔一一找到主人。我想，即使是怯懦的我，也可以學著當貓的守護者，就像貓婆婆其實是狗族一樣。不管是為了共同的利益、對生命的愛惜，還是為了正義，我，跟貓婆婆站到了一起。

首載於二〇一一年七月號《聯合文學》

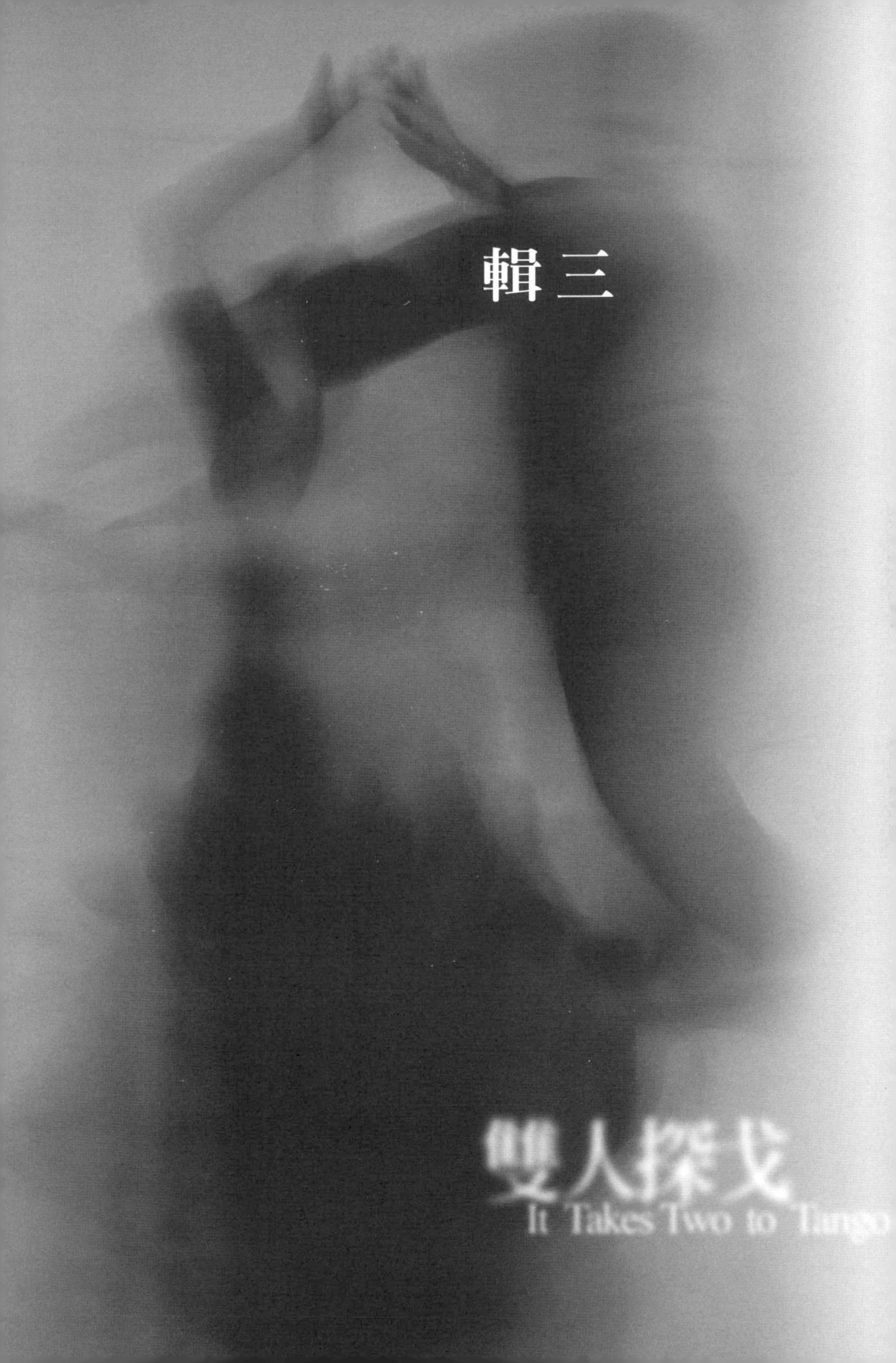

輯三

雙人探戈

It Takes Two to Tango

夢回山溝裡

初時以為是做夢。

十歲的時候，夏小蕾在一個小屋裡醒來。從沒到過的地方，至少她不記得。但是那個小屋很溫暖，她感覺很安全，就像回到了家。她躺在一個大炕上，蓋著一床有羊騷味的棉被，棉被一直拉上來蓋住口鼻。窗外的薄光照進來，小屋裡的桌子長板凳小櫥櫃，還有牆上掛的幾件衣裳看得清清楚楚。桌子上有個茶壺，壺身套著厚棉布罩。她感到口很渴。

她一把掀開棉被坐起。炕前有一雙紅色舊靴子，那是她的。小蕾開始覺得這裡挺熟悉的。套上靴子，她想倒點水喝。

「起來了？」一個慈藹的聲音招呼她，一張微笑的面孔出現眼前，「寶寶，你這趟睡得可真久。」

「阿嬤？」

「都快中午了，你看外頭雪下得那麼大，小羊都替你牽進來了。」

「哦。」小蕾伸個懶腰。炕上有條毛褲，她拿來穿上，大小剛好。阿嬤倒了杯水給她，「慢點喝，剛燒開不久，別燙著了。」

「有沒有冷水？」小蕾彷彿記得自己向來只喝冷水，最好是冰水。天氣那麼熱，海灌一大杯冰水，那才叫透心涼！

「傻孩子，大雪天喝什麼冷水，看凍壞你的肚子。去，阿嬤在灶上給你煨了紅薯，你最愛吃的。」

「哦。」小蕾覺得自己很怪。平時，她最愛跟阿嬤唱反調，現在卻阿嬤說什麼都好。真的覺得好。肚子餓了，喝了熱開水，吃個熱呼呼的紅薯正好。她一掀靛藍色厚棉布簾，到廚房去。

「咩！」小羊跟她打招呼。

她過去摸摸咩咩的頭。牠的眼睛又大又溼，舌頭伸出來左舔右舔，很高興看到她。

「阿嬤餵過你了哦，乖乖。」她這麼說著，再摸摸小羊，往後頭去。

廚房後頭搭了棚，阿嬤養了兩頭豬，大大和阿阿。土牆的另一邊是大牛哞哞，嘴裡嚼口香糖般動個不停。茅坑就挖在豬圈前，一條溝通到豬圈裡，這兩頭豬最愛吃便便了。小蕾蹲下來尿尿，寒意像針般扎到光屁股上，大大一直在她屁股後頭拱拱作聲。

「阿嬤還沒餵你們啊？」

小蕾就著開水吃紅薯，阿嬤在織毛褲子。「阿嬤。」

「嗯？」

「等一下我要出去玩雪。」

「妞妞來叫過你了，叫不醒，他們都在榆樹坡那兒。」

她趕緊把手上紅薯塞進嘴裡，「吃飽了。」

「擦過臉沒？」

「擦過了。」小蕾撒個謊。她想趕快投身到外頭的白色世界。那似乎是從沒去過的世界，又像是她天天在裡頭玩耍的天地。她把掛在牆上的外套穿上，戴上毛線帽，手套呢？

「阿嬤，有沒有看見我的手套？」

「什麼手套？玩雪戴你那絨線手套，還不一下子全溼了。」

「哦。」不戴也沒關係吧？小蕾想。對，大家都是裸著手捏雪球的。手凍紅了，回來伸進阿嬤的衣服裡煨著。

「阿嬤，」小蕾突然想到一件很重要的事，話到嘴邊卻不見了。

「又有什麼事？」阿嬤抬起頭來。阿嬤的頭髮梳成一個髻，樣子很特別。

「哦，沒什麼。」小蕾笑了，大聲喊：「阿嬤，我走了！」

門一開，撲面一股寒氣。

醫院裡冷氣開得好強，她把被子拉上來蓋住口鼻。一動，身上到處都痛。「阿嬤！」

護士小姐過來探看，「小妹妹醒了。」床邊擺了個行軍床，床上的婦人這時醒過來，頭髮披散著，兩眼血絲。

「阿婆，妹妹醒了。」

「啊！」婦人蹣跚走過來，她俯身看蕾蕾，嘴上有股臭味，好像幾百年沒刷牙。

「阿嬤？」

「你醒了？謝天謝地……」婦人說著，眼淚不斷流下來。

「怎麼了？阿嬤？」

婦人只是哭。

小蕾這時想起夢裡忘記的事。「媽媽呢？爸爸呢？」

婦人哭得更傷心了，邊哭邊隔著棉被拍她，「蕾蕾別怕，你跟阿嬤住，阿嬤會照顧你。」

醫生檢查過，夏小蕾身體沒什麼問題，可以回家休養，阿嬤就帶著她回家了。

她的家在市北，旁邊有一連排的木料行和一家賣燈具的老店，但是她回的是市南阿嬤的家，那是個三層的舊公寓，晚上很多攤販在騎樓下擺攤，有家油炸肉圓非常好吃，有時候阿嬤會騎著摩托車用鋼杯買肉圓來給她吃，入口時還是熱騰騰的。公寓的樓梯間貼滿通馬桶、上門開鎖和搬家公司的廣告，廣告單從門後一排信箱口溢出來。阿嬤把帶去醫院的旅行袋讓她提著，打開信箱。她看到信箱上寫著：三勾里秀水路134巷49號。這就是她以後的地址了。

「夭壽哦，討錢討緊緊！」阿嬤看著手中的帳單，嘴裡念著。她的臉色灰敗，皺紋一條條，披散的頭髮都打結了。阿嬤怎麼不梳個髻呢？小蕾想，但沒有說出口。

夏小蕾轉到市南小學，讀五年級。爸媽沒了，朋友沒了，整個世界都改變了。市南小學是明星小學，導師陳祖佑特別嚴厲。小蕾是從市北轉來的插班生，成績普通，人又孤僻，上課不發言，下課不跟同學玩，一點也不討人喜歡。

「夏小蕾，你又在作什麼白日夢？」

「啊？」小蕾嚇了一大跳，看到陳老師瞪著一雙銳利的眼睛，同學們擠眉弄眼等著看好戲。

「老師跟你講話，你還不站起來？」

小蕾趕快站起來。

「老師問你，作什麼夢啊？」陳老師眼睛瞇起來，比瞪著眼睛看起來更可怕了。

「沒，沒有。」

「你把課文念一遍。」

小蕾拿起課本開始念。裡頭有一些字，她認得的，讀出來的音卻引來同學一陣哄笑，還有一些不認得，她只要一停下來，同學就笑得更大聲。

「好了好了，這就是作白日夢的結果。來，周晴晴，你念一遍。」

周晴晴是模範生，人長得甜，成績又好，爸爸是三勾里最大西餅店的老闆，還是學校家長會會長。她身材很高，已經發育了，混在這群小學生裡顯得鶴立雞群。她站起來，捲起舌頭字正腔圓讀課文，隨著課文內容還加入情感，讀得抑揚頓挫。同學們想笑，但沒有人敢出聲。小蕾不禁回頭去看這個女生，覺得她好神氣。

放學，大家一哄而散，校門口很多家長等著，一看到自己孩子就趕快上前，拉著問今天在學校有沒有乖？夏小蕾從這些人身邊走過，說好來接她的阿嬤不知道在哪裡。等到同學走光，學校鐵門關攏，她開始慌了。雖然是新學校，但每天阿嬤帶她來回走兩趟，她應該可以自己走回家。她沿著人行道往前，等紅綠燈過馬路，她記得過了這條馬路向前走一段，右轉進去一條小巷，巷口有個麵攤，阿嬤在那裡買過兩碗麵帶回去吃。過了麵攤，再往前不久，應該就到了。她很小心地注意來車，走在高高低低地勢不平的騎樓，繞過在騎樓下洗菜的一家自助餐店，但是鞋子還是被髒水弄溼了。她不知道還有沒有別的鞋子可以替換。阿嬤替她搬回了一些東西，包括她最愛的小羊咩咩，但是大部分的東西都沒搬來，因為沒地方放。她現在沒有自己的房間，跟阿嬤一道睡，做功課就在餐桌上。

果然看到了麵攤。麵攤老闆娘上回跟阿嬤聊得那麼開心，一定知道阿嬤家在哪裡，阿嬤在這裡都住了幾十年了。

「老闆娘！」她叫。

「要吃麵嗎？」老闆娘打了個呵欠，她嘴唇上有個黑疣，看著就像一隻臭蟲停在嘴上。

「你知不知道，我阿嬤住在哪裡？」

「你阿嬤？」老闆娘瞪著她，「你阿嬤是誰？」

阿嬤叫什麼？她想了一下，「她叫王蓮花。」

「不知道。」老闆娘不耐煩。

小蕾不敢再問，只好繼續往前。走到巷底，是左拐還是右拐？先右拐好了。這裡怎麼有這麼多的小巷，歪過去扭過來，像個蛛蛛網，她變成網上的小蟲了。媽常說她很會認路：我們蕾蕾最聰明了，去過的地方都不會忘記。為什麼現在她變笨了？因為媽媽已經不在她身邊了？還是，媽媽只是在哄她，陳老師和同學都說她笨。想到這些，小蕾更認不得路了。還是往回走吧，可能剛才應該往左拐。她調頭往回走，但是來的小巷也找不到了。連麵攤、學校都回不去了。

她呆站在原地。怎麼辦？

「夏小蕾！」一個巨大的身影擋在她面前，是騎著摩托車的陳老師。「放學不回家，還在外頭閒逛？」

「老師……」

「快回去，聽到沒有，下次再被逮到，就通知家長！」

要通知爸爸媽媽嗎？小蕾看著陳老師。

「你這孩子，在想什麼？老師叫你回家。」

「我，我迷路了。」

陳老師瞪大眼睛。

還好小蕾記得阿嬤家的地址。她坐上了陳老師的摩托車，緊緊抓住後把手。那天，她坐在爸媽中間，三個人一起去買鞋子，她靠在爸爸背上，媽媽圈著她。

通馬桶搬家公司和上門開鎖，新廣告蓋過舊的，有的直接用藍墨水或紅墨水印在牆上。今天多了一張：寶貝吉娃娃遺失，仁人君子找到重謝。陳老師帶她走到三樓，按了很久門鈴，阿嬤才來開門，一身酒氣。

「發生什麼事了？」阿嬤看起來好累。

「孩子放學沒人接。」陳老師皺著眉頭。

「啊，放學了，夭壽哦，我攏不知。」阿嬤謝過老師，陳老師很快下樓去了。陳老師一定覺得很倒楣吧，小蕾想，還得送她回家。

阿嬤的酒還沒全醒，在房裡扶著牆腳步不穩地走，「餓嗎？去樓下買肉圓。」

「我不想吃肉圓。」小蕾說，「我不餓。」

她整個晚上沒再說話。也沒人跟她說話，因為後來阿嬤又倒在床上，嘴裡哼著，心肝兒啊，你怎麼丟下阿母一個人？

她功課不想做，澡也不洗，換下制服喝了點水，就打開電視，一臺轉過一臺。阿嬤喜歡看大陸風光尋奇之類的節目。寒暑假的時候，她常到阿嬤這邊來住，跟阿嬤一起看，阿嬤總是說，等小蕾長大了，帶阿嬤去大陸玩，好不好？阿嬤，你走得動嗎？山很高很高。乖孫扶著阿嬤去呀……

九點多，小蕾把燈熄了，抱著小羊，躺到阿嬤身邊。濃濃的酒氣，阿嬤的醉言醉語，她想，今天可能睡不著了。

「寶寶？」快睡著時，聽到阿嬤在叫她。

「別吵，我明天還要上學。」

「上什麼學？學校被大雪壓垮了，去哪裡上學？」

小蕾睜開眼睛，眼前是阿嬤笑咪咪的臉。她撲進阿嬤懷裡。

「乖，乖，快起床，妞妞找你玩呢！」

「阿嬤……」她緊緊抱住阿嬤不鬆手。

「都十歲了，還撒嬌。」阿嬤撫著小蕾的背，她感覺好舒服，心裡開始輕鬆起來。

小蕾胡亂套上衣服，先到廚房轉一圈，上了廁所，跟咩咩大大阿阿哞哞打過招呼，急著出門。

「不吃早飯嗎？」阿嬤喊。

「去妞妞家吃。」她喊著就出門了。對，妞妞說過要她去家裡，她家來了客人，有好吃好玩的。

一走出門，小蕾歡喜地用雙手接著天上不斷飄下來冰涼的鵝毛雪。雪很乾，落在掌上也不立即化，屋簷下垂著一排指頭粗的冰柱，地上結了冰滑不溜丟。近處的大樹上一團團的雪，枝條掛著一條條晶瑩剔透的冰柱，遠處的山幾乎看不見，只留下隱約的輪廓。雪下得正緊，雪絮迷濛中出現一團紅影子，那影子在雪地裡彈跳著，一彈數丈遠，一會兒就來到跟前。

「小蕾，你怎麼還不來，我們都等了半天了！」

穿著紅棉襖的妞妞，竟然是模範生周晴晴！

「快走吧，我堂叔來了，帶了好多好玩的東西，還有牛奶糖！」

小蕾一腳踩進雪裡，雪掩過她的紅靴。

「哎呀呀，你這寶貝，幹嘛踩到雪裡去？」

「不踩到雪裡去，難道還有別的路嗎？」

「你是沒睡醒？你的東東呢？」

「東東？」小蕾這才看到妞妞踩在一個奇怪的物事上，樣子就像給腳踏車充氣的幫浦，有把手，底下兩個腳踏。

阿嬤開門出來了，手裡拿著另一個東東。「寶寶，瞧你，連東東都忘了，怎麼去？大雪天的，不好飛啊。」

「啊？」小蕾有點糊塗，又有點明白。本來就是，雪天用東東，天晴的時候就……就飛？

妞妞沒讓她多想，轉身用力一蹬，兩根辮子一甩，人就彈飛出去了。

「等等我呀！」小蕾趕忙踩上東東，雙手握緊，學著妞妞的模樣，咻地人就彈出去了。她馬上領悟，腳下輕一點，東東就彈得低，腳下重一點，東東就彈得高，那得小心，別撞上了樹枝，抖得一身雪。一開始她有點緊張，東東晃來晃去，後來她彎下腰，像騎馬般斜著身，東東就變得很好駕馭了。她追隨著前頭縱躍的紅影子，在雪地裡彈呀跳呀，雪花落進笑得合不攏的嘴。

哈哈哈！

「小蕾，小蕾？」阿嬤搖她，但搖不醒。

「唉，囡仔就是囡仔，父母都死了，還笑得出來？」阿嬤搖頭，倒下來繼續睡。

小蕾把東東停在妞妞家門口。妞妞的家也跟她家一樣，一個泥土房，後面搭出去廚房和豬棚。不過她家除了牛和羊，還養了一窩雞，一條大黃狗。房子裡現在擠滿了人，妞妞的爸爸和一個叔叔坐在炕上，老奶奶在納鞋底，媽媽在廚房裡煮什麼，滿屋子白煙。

「小蕾來了。」

不用妞妞介紹，小蕾自然都認得這些人，只是一看到炕上坐的大叔就嚇得往妞妞身後躲。這人怎麼長得跟陳老師那麼像？大叔的眼睛瞪得像銅鈴，呵呵笑著：「小姑娘看我長得凶，嚇壞了。」

「小蕾，這是我堂叔，他人最好了，喏，」妞妞遞了個糖給她，「堂叔還會說故事，剛才跟我們說上山打狼的故事，可精彩了。」

那塊糖包在一張粗紙裡，含在嘴裡只有很淡的奶味。

「好吃吧？這是堂叔特別從城裡買來的！」妞妞一副幸福得要上天的模樣。小蕾忽然覺得自己曾吃過各種口味更好吃百倍的糖，可以拿來誇耀一下，但是，在哪裡吃過呢？她又沒有住在城裡的堂叔。

堂叔這趟來，主要是看學校被雪壓垮的情形多嚴重，準備回去籌錢找建材，開春把學校修復。妞妞爸爸拍著腳歎氣，「咱們山溝裡這學校，靠著山腳城裡人捐錢，好容易建起來，有了學校沒老師，到現在妞妞小蕾字也不識得幾個。」

小蕾忘了怕，問妞妞，「我們不識字嗎？」

大夥兒聞言都笑了。堂叔說：「小姑娘，你識字嗎？」

「當然！」小蕾不假思索。

堂叔忍著笑，從口袋裡摸出張條子，「這是我記下來重建學校需要的物事，你來讀讀看，條子上都寫了什麼？」

小蕾接過來，張口就要念。奇怪的是，紙上的黑字沒一個她認得。大家看她目瞪口呆的蠢樣，又笑成一團。

這時，妞妞媽媽端了一盤剛蒸好的包子出來。包子堆得像小丘，熱騰騰冒著白煙。軟蓬蓬的皮子裡頭包的是酸菜、粉絲和豆腐塊，和著一大碗又酸又辣的熱湯下肚，大家都冒汗了，小蕾吃得過癮極了，一直吃到肚子鼓出來。人人臉上漾著歡笑，真像過年啊！

「小蕾，帶幾個包子回去給阿嬤吃。」妞妞媽媽拿塊布巾，包了幾個包子，布巾打了結，讓她掛在肩上。這時她注意到妞妞媽媽的唇上長了個疣，好像哪裡見過。

小蕾出來，吃飽喝足，一點也不覺得冷，取了自己的東東，一腳穩穩踩上，用力一蹬，咻得便彈了出去。在雪地裡一彈一跳，立刻便跑得老遠。回頭，妞妞的家已經看不見了，但是四周白茫茫一片，阿嬤家到底在哪裡？小蕾想到，自己好像不認得路。這麼一察覺，膝頭發虛，腳下立刻就踩不穩，下一秒鐘，整個人就栽到雪裡去了。

小蕾跌得好痛，從床底下爬起來，天都大亮了，阿嬤不知哪裡去。

「阿嬤？」

「蕾蕾，起床了？」阿嬤的聲音從客廳裡傳來，「快來吃早點，上學要來不及了。」

一進教室，夏小蕾就往周晴晴的座位上看，她端坐那裡，很認真地抄寫著黑板上的早自習生字，兩條長辮子梳得又緊又亮，末梢繫了兩個小貓咪的髮圈。小蕾想到妞妞甩著辮子在雪地裡騎東東的模樣，好神氣哪！

「你看什麼?」一個男生對她說。王星同,他是班上最皮的一個,每次她被陳老師叫起來,都是他笑得最大聲。

小蕾坐到自己座位,慢吞吞拿出筆記本,看著黑板上的字,費力地抄寫著。

「怎麼只抄了兩行,你上學又迷路了?」陳老師不知何時到了她身後。她趕快站起來。

「老師問話,怎麼不回答?」

「我,看不清楚。」

「你坐在這裡都看不清楚,那坐在最後面的周晴晴怎麼辦?」王星同又在嘻嘻笑,「報告老師,夏小蕾一直在看周晴晴。」周晴晴聞言往這裡看過來,小蕾看著她,但她皺起眉頭,故意把頭往另一邊轉去。

「王星同,你抄完了?」陳老師又對小蕾說:「叫你爸媽帶你去驗光,如果近視了,要配眼鏡,黑板看不到,還上什麼課?」

回家的路上,阿嬤帶她去配眼鏡,驗出來兩眼都是一百五十度。「夭壽哦,這麼小就近視。」阿嬤跟店員殺價,殺了半天,幾次拿起皮包要走,小蕾以為不配了,終於阿嬤掏出錢包,食指蘸口水數了幾張百元大鈔,不情不願交給店員。

經過那家麵攤時，老闆娘熱情招呼她們：「接孫女放學哦，要吃麵嗎？」

小蕾小聲說不要，扯著阿嬤的衣角，急著往前走。老闆娘看著她，笑了，「這個不就是那個女孩，昨天來這裡問我，認不認識她阿嬤？」

「哪有這款代誌？」阿嬤不信，「你認錯了，阮這個孫仔，最近才來跟我住。」

「我聽說了，可憐……」

「可憐？我這個老的最可憐，」阿嬤眼圈紅了，「這麼大年紀，還要養這個小的……」

阿嬤訴了半天苦，見有客人來了才帶她離開，「不吃麵，你要吃什麼？」

「包子，我要吃包子！」

阿嬤在樓下夜市買了幾個肉包上來，還帶了一碗酸辣湯。肉包裡的豬肉硬硬乾乾一整塊，一點都不香，那碗酸辣湯勾芡勾得糊糊的，也不好喝。小蕾好失望。

月考過後，陳老師來作家訪。小蕾跟老師打過招呼後，就進房去了，阿嬤說跟陳老師有話要講。是不想讓她聽見嗎？但是阿嬤是大嗓門，所以一開始雖然壓低聲音，講到後來，小蕾在房裡也聽得到：孩子可憐哦，現在跟著我這個老的，以後也不知道會怎樣？以前很活潑很愛笑，最喜歡跟我抬槓，應嘴應舌，現在不講話，問一句答一句，也不笑，只有做夢才笑，也不哭，真的，不知道她在想什麼……

隔天早自習，陳老師要小蕾去辦公室替他拿本書，回來以後，同學都用怪異的眼光看她。中午吃過營養午餐，同學在走廊和操場上玩，夏小蕾趴在桌上，王星同從她旁邊經過，抽著鼻子裝出哭聲，「噢，好可憐！」

小蕾趴著，好像沒聽到。王星同又踢她椅子，「夏小蕾！」

小蕾閉緊眼睛。她真希望這一刻自己可以隱身，或是索性消失，到另一個地方，一個完全不同的地方。

「王星同！你耳朵有毛病嗎？老師說要幫助同學，不是欺負。」

「噢，模範生。」

小蕾趕緊坐起來，看到真的是周晴晴站在面前，板著面孔在喝斥王星同。

「看我報告老師，罰你當值日生一星期！」

「不敢不敢。」王星同嘻皮笑臉走掉了。

小蕾看著周晴晴，周晴晴像個小大人般對她說：「老師告訴我們你的事了，以後我會注意不讓王星同再欺負你。」

小蕾點點頭，還想說什麼，周晴晴甩著辮子走掉了。周晴晴保護她，只是基於模範生的職責，並沒有把她當朋友。周晴晴跟妞妞，還是不同的啊！

山溝裡的春天來了。突然之間，當小蕾回去的時候，門外白花花的雪地變成綠油油幾塊梯田，老樹上開滿了黃花，空地上冒出很多綠苗子，不知道以後會長成什麼植物。她蹲在一株野花前，花像個小喇叭，五個花瓣是藍色的，越往裡頭顏色越接近粉紅，花心聳出來幾根嫩黃色的花蕊，葉子是鋸齒狀。這到底是什麼花？

「小蕾，原來你在這兒！」妞妞脫去了厚重的棉襖，穿著一身俐落的褲裝。

「妞妞，這花叫什麼？」

「你愛叫什麼就叫什麼唄！」

「它沒有名字嗎？」

「咱們山溝裡還有很多東西都沒取名字呢！」

「啊？」

「你可以替所有東西取名字，只要別人知道就可以了。」妞妞說得有道理。山溝里就這麼幾戶人家，鮮少有外人來，只要大家彼此能會意即可。

「但是，如果同一個東西，大家叫的名字不一樣，不是會搞糊塗嗎？」

「你跟山腳下那些人去說，他們聽得懂你講的話才怪。別說山腳下了，咱們這座山裡的幾個村落，有時還講不通呢。我奶奶說，跟一個東西最親近、有特殊感情的人，就有權利替它取名字。」妞妞伸個大懶腰，「哎呀，你這陣子怪問題真多。這花，我看，嗯，叫它小藍花怎麼樣？或是黃心花？」

「叫它三色堇好了。」小蕾好像聽過這個花名。

妞妞很高興，「三色堇，聽起來不錯，以後說到三色堇，就知道是這個花，等到野花祭，咱們拿它編花環。」

「野花祭？」

「這回我一定不會輸給你。走吧走吧！」

「去哪兒？」

「時候到了，可以飛了！」

妞妞一把拉住小蕾往前一縱。她自己縱了四、五丈遠，小蕾則摔個狗吃屎。

妞妞一步縱回，扶起小蕾，她膝頭、小腿和手臂都擦破皮了。「別告訴我，過了一個冬天，你已經忘了怎麼飛！」

「我們真的，能飛？」小蕾知道自己又問了個傻問題。本來就能飛的呀！只是冬天風雪大，飛不起來，現在春暖花開，身上衣服也輕便，視線清楚，飛起來又有何難？想到視線，小蕾覺得眼前一切都非常清楚，花更紅山更綠水更藍，可是她並沒有戴眼鏡。是了，根本不識字的她，哪會近視？

她腦裡還亂七八糟地想，妞妞早就又緊緊抓住她的手，「你要用力往前跳嘛！要記得，想著要飛起來！」

妞妞往前縱，小蕾也深吸一口氣往前縱，可是還是重重跌倒在地。「好痛！」

「咦，怎麼搞得？你真的不會飛？」

「每個人都會飛嗎？」

「廢話，每個人都會吃飯會睡覺吧？」妞妞不屑地撇撇嘴，「我爸爸常說，咱們山溝裡的人，最重要的一件事就是飛。」

「為什麼？」

「如果不會飛，會死。」

「會死？」小蕾打個了寒顫。

妞妞在野花草地上打了個滾，「你要不會飛，碰到了野獸，跑不掉就會被吃掉，就像……」妞妞住口了。

「就像什麼？」

「啊，我想到了，堂叔在榆樹坡那裡，我們去請他再教教你，他是山溝裡第一號飛人。」

因為小蕾忘了怎麼飛，等她們走到榆樹坡時，太陽都快下山了。堂叔把她們帶到一個小土坡，要小蕾從土坡往下跳。「記住，雖然是往下跳，但你的身體要盡量拉直，拉成一直線，你就飛起來了。」小蕾看看腳底下，土坡不算高，但也有一個大人高吧？下面亂石磊磊，摔下去可不比摔野花裡。

妞妞在旁邊給她打氣，「小蕾別怕，等你學會了，咱們到處飛，可好玩了！」

小蕾還是不敢。「萬一，我沒飛起來呢？你能接住我嗎？堂叔？」

堂叔哈哈大笑，也不見他作任何準備動作，突然就彈到小蕾身邊。「放心，別怕，就算是摔了，也沒事。」

小蕾不懂，摔了會疼的，什麼叫沒事？

「飛吧飛吧！」妞妞喊著，兩腳一蹬，人就離開地面，低低繞著土坡飛，每飛個幾秒鐘，就要落地再縱，看起來有點像袋鼠。小蕾好像懂了，飛也不是真的飛，是跳，但是這種跳法可真驚人啊！她吸了口氣，往前使勁一蹬。

碰一聲，小蕾直直摔到亂石堆裡了。死定了，小蕾想，我肯定摔得腦震盪全身骨折。堂叔把她扶起，泥土拍拍，身上到處都是傷，還流了血，堂叔好像一點也不在意她的傷，「你忘得真徹底。我看，還是要助跑一下。」

回到三勾里，小蕾身上完好無缺，但每天得戴著眼鏡上學。周晴晴還是不把她當朋友，王星同還是找機會就欺負她，但是小蕾覺得日子好過多了。她發現，原以為是做夢，其實不是夢。如果是夢，她怎麼會一再回到那個地方，而且那裡所有的一切都再真實不過，好像她的確是出生於那裡，長於那裡，屬於那裡。難道，其實每個人都有兩個世界？一個是白天的這個世界，一個是晚上睡著後的世界？就像妞妞說的，每個人都有命名的權利，尤其是對自己親近的物事。就像她的小羊，只有她愛它需要它，她叫它咩咩，不會有人有意見。她要說山溝裡是她的家，也未嘗不可。

小蕾回到山溝裡的次數越來越頻繁。每次在山溝裡，她總想不太起三勾里的事，但是在三勾里，卻能清楚回憶山溝裡。她常懊悔，在山溝裡時怎麼會忘記問那個重要的問題？這個問題她在三勾里非常想知道答案，但是一到那裡，就會被一堆意料之外又有趣萬分的事給搞得忘記了。

日子一天天過去，夏小蕾就要十一歲了。她的成績還是普通，只有作文特別好，她編的故事光怪陸離，充滿想像力，常被老師當眾讀出來。

今天的作文題目寫在黑板上：我的爸爸（媽媽），隨便同學挑。王星同很雞婆，故意問老師：「沒有爸爸媽媽的人呢？」陳老師愣了一下，說：「可以寫自己的爺爺奶奶，或其他的親人。」

我的阿嬤。小蕾提筆就寫，阿嬤的故事多著呢，洋洋灑灑寫了好幾頁。

一個星期後，作文簿發下來，只有夏小蕾沒拿到。陳老師手裡拿著藍色的作文簿，要大家坐好注意聽，小蕾心跳得好急。老師說，有的同學作文寫得不錯，很有想像力，可是想像力用在寫親人身上就有待商榷了。寫親人，要寫實要真情，不是憑空想像胡編一氣。「夏小蕾，你說你阿嬤騎在一隻豬公身上？頭上還戴著你編的花環？冬天她會鑿冰燈，掛在屋簷下，夏天她會，注意哦，她會飛到樹上把果子搖下來？」全班哄堂大笑，王星同更是笑得喘不過氣，直搥桌面。陳老師把夏小蕾的作文從頭讀了一遍，全班都笑瘋了。

「你這個阿嬤是哪裡的阿嬤？」老師也有點忍俊不住。

夏小蕾頭垂得更低了。

「我問你，你阿嬤住在哪裡？有冰雪有滿山遍野的花？還養兩隻大豬？」

「山溝裡。」夏小蕾小聲地說。

「當然是三勾里，我還去找過你阿嬤呢！」

陳老師要求小蕾作文重寫，這一次，一定要貼近事實。

小蕾從書包裡掏出鑰匙開門。屋裡靜悄悄的，阿嬤出去了。阿嬤常不在家，她總是給小蕾一張百元大鈔，讓她自己去樓下吃飯。阿嬤現在有錢了，聽說賠償金還有什麼保險金都拿到了。家裡換了超大的液晶電視，阿嬤換了新的摩托車，但是阿嬤沒有變得快樂，像以前那個晚上買了肉圓興沖沖去看她的阿嬤，她總是坐在那裡看電視，眼睛發直，嘴裡喃喃有詞。有人打電話來，她就從我老歹命哦開始講，嚕哩嚕嗦，電話後來也漸漸少了。昨天晚上，阿嬤又喝多了，還好沒醉，只有點茫，她說睡前喝一點比較好睡。小蕾在寫功課，不會的地方也不知道要問誰。阿嬤突然走過來緊緊抓住她的手，把她抓得好痛。

「阿嬤？」阿嬤又要發酒瘋了？她有點害怕。喝醉酒的阿嬤，變成另外一個人。

「蕾蕾，阿嬤都六十幾了，還有幾年好活？」阿嬤的眼睛變成兩條深溝，黑不見底。「我不應該出去走走，去玩，去享受一點最後的人生？我這一生，都這麼歹命……」

「阿嬤，你可以去啊，你去啊！」難道阿嬤不知道山溝裡？

「我怎麼走得開，你，誰來照顧你？我就是老歹命，注定一世人吃苦……」

借酒澆愁的阿嬤，這就是陳老師要她寫的嗎？小蕾看著作文簿發呆。

那篇阿嬤的作文後，夏小蕾又多了個綽號「白賊七」。「你阿嬤，」王星同大聲說，「她是不是騎著掃帚飛的？」

體育課要跳遠。從十公尺外助跑，跑到白線就用力一跳，落到沙坑裡，測量後腳跟到白線的距離，越遠越好。夏小蕾躲在最後面。如果她照這方式跳，能控制不飛起來嗎？能像大家那樣重重落到沙坑裡嗎？要是他們看到自己飛起來，怎麼辦？

小蕾沒辦法承受更多的嘲笑了。她偷偷轉身，溜到廁所。如果老師發現了，就說肚子疼。還好，沒有人來找她，下課鐘響，她走出來，同學早就散掉了。小蕾沿著操場慢吞吞走，午餐時間到了，她沒胃口。她想吃一碗妞妞媽媽煮的團團湯，像湯餃子一樣，但是裡頭包的餡是甜的，是山溝裡一種特有的穀子和豆子磨成粉加了羊奶下去和成的。妞妞媽媽說，心情不好的時候，喝一碗團團湯，立刻就會開心起來。她不信。在山溝裡，沒看過誰心情不好。她坐在升旗臺前的臺階上，那裡有塊陰影，曬不到日頭。

「夏小蕾！」

是周晴晴。夏小蕾提醒自己，這不是妞妞。周晴晴的臉常是繃著的，不像妞妞一天到晚笑嘻嘻，她的頭髮永遠梳得很整齊，不像妞妞的總是沾著草屑插了花。

「你為什麼不去吃飯？」

「我肚子痛。」

「要不要報告老師，去醫務室？」

「不用了，我休息一下就好了。」

「你也是因為肚子痛，沒有跳遠嗎？」

「嗯。」小蕾低下頭。她很不想騙周晴晴。

「夏小蕾，你到底怎麼了？為什麼你都不理人，為什麼你要把自己的阿嬤寫得那麼奇怪？」周晴晴坐到她身邊，她臉上流露出一種關心的神情，幾乎讓小蕾以為她是妞妞。

「沒，沒什麼。」

「你可以說給我聽，到底是為什麼？」周晴晴用一種小大人的口氣說著。

「你，不知道嗎？」小蕾試探地問。她最近開始懷疑，其實周晴晴就是山溝里的妞妞，只是不說破罷了。

「沒關係，你告訴我，我不會告訴別人的。」周晴晴的好奇心被挑起來了。

「我不想跳遠是有別的原因。」

「什麼原因？」

「我，我怕……」

「怕什麼？」

「我怕自己會飛起來。」她乾脆一口氣說出來，不管周晴晴會不會笑她。

周晴晴沒笑，只是很嚴肅地看著她。「你會飛，跟你阿嬤一樣？」

「其實，我寫的都是真的，我有兩個阿嬤，我寫的是住在山溝裡的阿嬤，不是三勾里的阿嬤。」

周晴晴皺眉頭，「你有兩個阿嬤？我以為你只有一個阿嬤相依為命？」

「我本來只有一個阿嬤，可是，後來，後來我發現我還有一個阿嬤，她住的地方比這裡好玩一百倍，一千倍，周晴晴，」小蕾興奮地抓住她的手，「你知道嗎？你也在那裡，我們天天一起玩，你也會飛的！」

周晴晴甩開她的手，就像甩掉一隻癩蛤蟆，跳開兩步叫著，「我以為你只是愛說謊，沒想到你是個瘋子，是個神經病！」說完甩著辮子跑掉了。

她說我是神經病。我是嗎？周小蕾想，難道，難道山溝裡只是我想像出來的世界？不可能。我怎麼可能想像出山溝裡那個世界？小蕾腦子裡好亂。難道她沒有在山溝裡騎東東打雪仗，沒有編花環學飛？難道門口那棵樹上的藍果子不是那麼甜，而妞妞媽媽做的包子和團團湯不是那麼好吃？

她跳起來往前直奔，然後用力一縱，整個摔到沙地上，半天起不來。她明明可以飛的，她明明學會了，她跟妞妞已經飛遍了整個山溝裡……

屋裡很暗，阿嬤在炕上睡覺，呼吸聲又長又緩。小蕾坐在板凳上，摸摸桌椅，摸摸自己，這些難道都是假的？不行，她一定要問個清楚。「阿嬤，阿嬤！」

「啊，寶寶？」阿嬤慢慢坐起來，「你怎麼不睡了？」

「我不是正在睡覺？」

「孩子你說的是什麼傻話？」

「我是在做夢，對吧？根本沒有你，沒有小羊，沒有妞妞，沒有……」小蕾難過得說不下去了。

「你做惡夢啦？來，來炕上躺著，天還沒亮呢！」

「阿嬤，為什麼我叫你阿嬤，妞妞叫她阿嬤奶奶？」

「你以前也叫我奶奶的，不知道為什麼，有一天睡覺起來，你就改口了。阿嬤奶奶不都一樣？你愛怎麼叫就怎麼叫，我就是你一個人的阿嬤，你是我一個人的乖孫。」

小蕾有點迷糊了。她記得有個很重要的問題要問，但不是這個。到底是什麼呢？

「我不睡，我要起來玩。」小蕾脫了鞋上炕，嘴裡還是不服氣。

「怎麼可以不睡覺呢？你要曉得，山溝裡的人最重要的一件事就是睡覺。」

「不是飛嗎？」

「不睡覺，哪來的力氣飛？不睡覺，會死人的。」阿嬤幽幽說著，小蕾打了個寒顫。

「不睡覺就會死人？」

「不睡覺，你就出不去，出不去，你就活不了。」

「出去哪裡？」

阿嬤不出聲，一會兒就開始打呼了。小蕾躺在炕上，山裡的夜霧氣氳氳，窗外一片白茫茫，聽得蟲聲唧唧，還有遠處不知哪裡野獸的叫聲。想到堂叔打狼的故事。堂叔說，狼還不是最可怕的，最可怕的是一種叫獅卜象的青面怪獸，兩顆銳如刀的尖牙，臉面像獅子般，頭上一圈神氣的鬃毛一直長到腹下，尾巴像狼牙棒生著倒刺，皮毛如盔甲刀槍不入。獅卜象總在起霧的夜裡出來覓食，行動起來狡捷異常，兩個眼睛像城裡的電燈般炯炯，被它眼睛一看，動物就罩在光裡呆住了。萬一遇到獅卜象，千萬別看它眼睛，堂叔說。

小蕾越想越害怕。

「阿嬤？」她搖搖身邊人。阿嬤沒反應。

「阿嬤？」她大點兒聲。

「啊？」阿嬤轉過身來摟住她。

「我怕。」

「怕什麼？」

「獅卜象會不會跑出來吃人？」

小蕾感到阿嬤身上在發抖。

「阿嬤，你也怕獅卜象嗎？」

「唉，可憐的孩子。」阿嬤坐起來，摸索著下了炕，把桌上的菜油燈點起。她坐到了板凳上，倒了杯水，喝了半杯，看著小蕾，「你還是記起來了？」

「記起來了？」

「以為你忘了，我們就不提，但是看你這大半年來魂不守舍變了個人，大家就說，還是要跟你把話挑明了，說了，可能就好了。」

阿嬤到底想說什麼？她心裡更害怕了。

「沒關係，想起來也好，想起了吧？」阿嬤的影子隨著燈火搖曳，夜風吹來，讓小蕾不禁縮成一團。想起來了嗎？

「那陣子你總是晚上睡不安穩，你爸媽只好那天晚上帶你出去，去大目潭跟阿娜娜神祈求，請她賜你天天好睡。」

爸爸，媽媽？小蕾想起她一直要問阿嬤的問題，「爸爸媽媽呢？」

「月亮升到最高的時候，你們到了大目潭，就在這時，竟然起了大濃霧，唉！」阿嬤沒再往下說，但是小蕾想起來了。想起來，全想起來了。爸爸媽媽還有她，晚上跑出去，他們飛，飛了很遠，她飛不動了，爸爸背她，她伏在爸爸背上，媽媽手圈著她，他們三個一直往前飛。到了，媽媽說，把孩子放下來吧。她踩到了地，這時候突然很亮的光照過來，照進她的眼睛，什麼都看不見，有人猛力推了她一把，她趴下，聽到爸爸媽媽的慘叫聲……

「媽媽！爸爸！」小蕾尖叫著哭起來。「媽媽，我要媽媽，爸爸……」

「乖，乖，別哭了……」阿嬤拍著她。

「阿嬤！」

「做惡夢了，免驚免驚，阿嬤在這。」

小蕾的眼淚不停湧出來。她在山溝裡也是孤兒！連在那個像天堂樂園的地方，都見不到爸媽了。小蕾抱著小羊哭了很久，抽噎著，淚水把小羊都濡溼了。阿嬤紅著眼圈，又像很安慰地喃喃說著：「哭出來就好，哭出來就好……」

小蕾哭累了，趴在枕頭上，枕頭全溼了。

「好冰好涼！」妞妞歡呼著，手在潭裡一陣亂撩，水都濺到小蕾臉上了。

日正當中，無雲的藍天，大目潭的水是紫藍色的，如實把起伏的山嶺倒映出來。潭裡也有綿延的山峰，也有那望不盡的綠意，世界變成兩個，一上一下。即使是盛夏，潭水仍是冰冷的，越往潭心就越冷，山溝裡的人不在大目潭游水，也不行船釣魚，怕驚擾到住在潭底的阿娜娜神。如果有事要求阿娜娜，得等到月亮出來以後，因為阿娜娜是守護夜晚守護睡眠的女神。

小蕾突然縱上一棵大樹，危危站在一根粗大的枝幹上。

「你想做什麼？」妞妞叫。

「我要找阿娜娜。」

「噓，快下來！」

「我不要。」

「快下來，白天不可以去吵阿娜娜。」妞妞很緊張。

「沒有阿娜娜，對吧，根本沒有什麼阿娜娜，也沒有這個潭，這棵樹，沒有你……」

「小蕾！」

「我從這裡跳下去，就只是夢醒了，回去我的三勾里，再也不要被你們騙了！」

妞妞也跳上樹，站在比她低一點的樹枝上，平時天不怕地不怕的她顯得很緊張。

「聽著，我不知道你在發什麼瘋，但是如果你從樹上跌下去，摔進潭裡，你就再也看不到我們了，小蕾……」

小蕾突然害怕起來，腳微微顫抖，樹枝也搖晃起來。

「妞妞，我們是最好的朋友了，你告訴我，你，還有山溝裡所有的一切，是不是只是我的夢？」

「好好，我什麼都告訴你，你先下來，坐在草地上講不好嗎？」

小蕾一落地，妞妞也趕緊下來，抓住她的手，怕她又上樹去了。小蕾告訴妞妞三勾里的家，阿嬤，學校，同學，尤其是王星同和周晴晴，嘩啦啦一口氣倒出來，也不管妞妞聽懂了沒。

「你是說，我妞妞是你夢裡的人？」

小蕾悲傷地點點頭。

「而且，你說的那個地方，也有一個我？」

「她跟你長得一模一樣，可是很凶，從不跟我玩。」

妞妞歪著頭思索著，把長辮子放到嘴裡咬咬，吐出來。「但是，我比你大一歲耶，我出生的時候還沒有你，怎麼我卻是你夢出來的呢？還有，奶奶爸爸媽媽，他們都比你大多了，你怎麼把他們夢出來？」

「你沒有做過夢嗎？愛夢什麼就夢什麼，跟年紀有什麼關係？」

「所以囉，你愛夢什麼都可以，那為什麼咱們山溝裡就是夢，那個什麼三勾里還有那個壞小子和那個凶女生就是真的啊？小蕾我問你！」

「你是說，你是說……」

妞妞點頭，「我妞妞是如假包換的真，你小蕾也是，你把三勾里當作夢，不、就結了？」

到底是三勾里夢見山溝裡，還是反過來？她是從爸媽被車撞死後的昏迷後醒來，還是從爸媽被獅卜象咬死的昏迷後醒來？她是因為受到莫大刺激才走進了山溝裡還是走進了三勾里？此刻到底是那座山，還是山的倒影？

小蕾沒有找到答案，但是她看到了新的可能性。如果山溝裡是實，三勾里才是虛，她何必再回到那個不快樂的虛的世界？她要怎麼樣才能永遠留在山溝裡？在她還沒想出答案前，她只好接受這兩個世界並存，並暗暗祈禱夢到山溝裡的時候多過夢到三勾里。

小蕾的十二歲生日到了，阿嬤送了一臺電腦。升上六年級後，學校就有電腦課了，同學們學習各種電腦文書處理、繪圖和上網的技能。對沒有朋友的小蕾，電腦真是太有趣了，她在網上跟同學們一起開闢虛擬農場，種菜偷菜，生活熱鬧多了。有了電腦，小蕾每天回家就盯著電腦螢幕，連晚飯也端到電腦前吃。

這天，陳老師宣布同學可以加入一個全市國小互聯網，大家在網上交流討論功課。很多人加入，但沒什麼人討論功課，頂多就罵罵功課太多，考試太難，大家討論最多還是種菜偷菜。互聯網上可以開部落格，想寫什麼都行，於是出現了一個部落格，叫「山溝裡」，版主是小羊咩咩。

山溝裡部落格第一篇是「騎大大的阿嬷」，沒有引起注意，第二篇「雪地的東東」，開始出現留言，第三篇「學飛」，點擊率狂增，留言增加到數十條。不少留言的人問版主，玩的是哪個線上遊戲？其中一個叫江湖笑笑生，每天都來留言，隨著部落格的文章寫到了妞妞和妞妞的家，大目潭阿娜娜和可怕的獅卜象，江湖笑笑生簡直被這個部落格給迷倒了。

「山溝裡的飛，其實就是武俠裡的輕功嘛！他們是不是穿了一種特別的彈力鞋？」

「妞妞很牛，可是你怎麼不說說山溝裡的男生？他們是不是特別會玩？」

「世界上要是真有山溝裡，我也寧可住在那裡，不用上學不用學英文彈琴，整天就是玩，酷斃了！」

有一天，一個潛水的網友浮出水面，化名大耳，語出驚人：「山溝裡這個地方是真的存在的，為什麼我知道？因為我也來自山溝裡。」後面跟了很多留言，大家都說這人太扯了，「你來自山溝裡，我還是你山溝裡的老子呢！」雙方各執一詞，鬧得不可開交，最後版主跳出來問了：「你怎麼證明你是山溝裡的人？」

「我出生於山溝裡，五歲的時候就跟著爸媽離開了，但是我記得那裡有個榆樹坡，有大樹結一種藍果子，滋味到現在都還念念不忘！」

小蕾驚呆了。這個大耳是誰？她沒聽妞妞提起過。

「你也能飛嗎？」江湖笑笑生追問。

「我早忘了。」

「你還記得山溝裡的什麼事？」版主問。

「那裡有一大片草坡，可以滑草玩，從坡頂一骨碌翻下來，好玩到爆！」

大草坡？夏小蕾不記得有什麼大草坡。

「妞妞，咱們這裡有個大草坡嗎？」她問。妞妞兩腳泡在大目潭裡，踩著水裡彩色的小石子來回滾動，那石子非常光滑像彈珠一樣。

妞妞沒回答，閉著眼睛不知神遊到什麼地方了。夏小蕾發現妞妞這陣子拼命抽長，就像春雨後的作物，太陽一曬就瘋長，不但比她高出一個頭，走起路來還會輕擺著屁股，顯得腰肢很細。

「妞妞！」小蕾扯了一下她的長辮子。

「哎呀，你幹嘛！」妞妞立刻潑水反擊。

「你在做什麼白日夢？」夏小蕾學陳老師的語氣。

「哪有？」妞妞突然紅了臉。

「你臉紅了？」

「我沒有！」妞妞尖叫，「再說，我撕爛你的嘴！」

小蕾突然明白了。妞妞在等一個人。等誰呢？哦，是堂叔要帶一個人來，這個人專程來見妞妞和妞妞的家人。兩人沉默著，潭面吹來一陣清風，樹上小鳥吱喳叫得歡。

「你陪我回家去。」妞妞小聲說。

「好啊，我倒要看看是誰要來見你！」

妞妞裝作沒聽見，一下子飛得不見人影。

堂叔和貴客已經到了，坐在炕上喝茶。貴客是個清秀的少年郎，單眼皮，挺鼻梁，及肩的頭髮束成馬尾，露出一對圓圓可愛的招風耳，看到小蕾向她一笑，好像在打暗號。

「這是大耳，本來也是咱們山溝裡的人，現住在山腳下。」堂叔對小蕾說，小蕾突然想起來，大耳，大耳好像跟妞妞從小指腹為婚？

「一轉眼十年，孩子們都大了。」妞妞爸爸噗噗吸著竹煙管說，「讓孩子見個面，彼此熟悉一下，再過兩年，就把這事兒給辦了。」

妞妞媽媽也說：「大耳，我們家妞妞從小被慣壞了，野丫頭一個……」

「我是野丫頭?我看他才是楞小子!」

堂叔哈哈笑，「那你倆就剛好湊一雙，誰也不吃虧。」

妞妞媽媽也笑，「姑娘家沒個規矩，看人家小蕾，多文靜多懂事。」

大耳聞言又朝小蕾看來，小蕾也臉紅了。

「你堂叔路上打了野兔和山雞，還有奶奶釀的玉米酒，待會兒咱們可以大吃一頓，你們三個先去外頭逛逛吧，大耳很久沒回來了。」

妞妞立刻拉著小蕾往外跑，三兩下縱得老遠。

「喂，等等，等等我！」大耳在後頭追著叫。

「你瞧那愣小子，飛得那麼慢，一點也不像男生。」妞妞哈哈取笑。

「等等他吧，他可能一時還不太習慣。」

「你幹嘛替他說話，咦，難不成你看上他了?」

小蕾甩開妞妞的手，「我才沒有呢!」她往後瞧看大耳是不是跟上了，沒想到大耳早就跟在她們身後。

「這麼快趕著去哪兒?」大耳問。

「大草坡唄!」妞妞加速，一下子把他們拋在後頭。

大耳跟小蕾肩並肩一道飛。「大耳，你從三勾里來嗎？」

大耳不答，只是笑。小蕾心裡發急，這還是頭一回遇到從三勾里來的人，她有好多問題要問，他是怎麼來的，還回去嗎……

「大耳？」

大耳不見了，妞妞更不曉得哪裡去了。小蕾環顧四周，這裡她從沒到過，可是景色卻是如此美麗，綠色的大草坡一直綿延到天際，接上了藍天白雲。草坡起伏往下，有的坡緩，有的則有四十五度，甚至約六十度的坡度。求三角形面積的公式？一個很奇怪的念頭閃過。小蕾沒再往下想。因為此時肚子突然一陣痛，好像裡頭有什麼利器在攪動。她蹲在草叢裡，一蹲下，很想要小便。突然看見妞妞和大耳手牽手走過來，到了她蹲的地方不遠處，大耳把妞妞抱住了。小蕾心跳得好快，臉發燙，好像是自己被大耳抱住了。平時很野的妞妞，此時看來就像個布娃娃，軟綿綿任大耳擺布。小蕾感覺乳房漲痛起來，腹部又是一陣絞痛。

這痛把小蕾帶回了三勾里。她起來上廁所，一脫褲子，自己先傻了。褲底一灘血。

「乖孫要轉大人了。」阿嬤教小蕾怎麼用衛生棉，生理期要注意不要吃冷飲，盡量不要作劇烈運動。放學回家，阿嬤燉了一鍋補湯，濃濃的中藥味，小蕾捏著鼻子喝下了。這陣子以來，她那麼不舒服。胸乳開始鼓出，一碰就痛。體育課上躲避球，這是她最怕的運動，因為王星同帶領幾個人以她為目標，她成了場內逃命的小羊，而他們是殘忍的狼。球總是對準她而來，她有時想認命閉上眼睛趕快打到趕快出場，卻總在最後一秒鐘，因為恐懼和其他女同學的尖叫聲，沒命地亂跑。「你跑什麼，不是會飛嗎？」王星同這樣嘲笑她，惡狠狠把球對準她擲來，命中她的胸部，她疼得抱住胸口彎下腰去。

不僅是身體不適，有時心口煩惡地不知如何是好。三勾里沒有一個人可以聽她訴說。阿嬤炒股炒得入迷，白天都泡在證券所，跟幾個鄰居阿婆討論股市行情，回到家還要看電視上的股票分析。阿嬤還想讓她陪著去大陸旅遊嗎？

「阿嬤，我的小羊呢？」她往床底下張看。每晚陪著她睡的咩咩不見了。

「哦，拿去洗了，髒死了。」

小蕾到陽臺晾衣架上救下小羊。小羊看來有點憔悴，顏色褪了點，而且頭頸綻線開縫了。

「阿嬤，小羊洗破了。」小蕾好心疼。

「小羊太舊了，阿嬤不是給你買了一隻熊寶寶，還有一隻小貓？」

「不要！我只要小羊。」小蕾憐惜地把小羊抱在胸前。

「好啦，阿嬤有閒再幫你縫一下。來，阿嬤跟你說，我探聽到有個住讀的私立中學，聽說不錯，以後阿嬤送你去那裡讀書，週末回家，好不好？」

「我不要。」

「不要不要，你就只會說不要。」阿嬤不高興了，「這件事由阿嬤決定。」

小蕾把臉埋進小羊的肚子。小羊的味道不一樣了，她熟悉的味道不見了。阿嬤要把她送走？送走她，阿嬤就可以出去玩了，是不是？

大耳也不見了。自從在山溝裡見到大耳後，部落格上再不見大耳的留言，只有江湖笑笑生暢聊著武俠世界。怎麼樣能引大耳出水呢？幾天後，部落格上貼了一篇新文章：「大耳和妞妞的婚事」。大耳果然上勾了。

「文章裡的大耳是我嗎？怎麼可以不經我本人同意，亂寫我的事呢？強烈鄙視這種行為！」

「大耳，原來你是山溝裡的楞小子？把妹功夫不錯。」

「大耳，你真的回去山溝里了？看到版主的真面目了？」

「大耳，你跟妞妞在草坡上，後來怎麼了？」

十幾條留言，有的揶揄，有的質疑，部落格的人氣只能用熱鬧滾滾形容。

江湖笑笑生突然發怒了，「小羊咩咩，為何要把大耳寫進你的故事？」

但是他的怒氣只引來更多人的嘲笑，「吃醋了？快使出輕功追啊！」

一片紊亂中，夏小蕾根本無從跟大耳問個清楚。她必須見大耳一面，確知這個大耳就是那個大耳。她發了一封私人郵件給大耳，約他星期六中午在秀水路的麥當勞見面，談談山溝裡的事。大耳回信了，他說自己住在市北，不知道秀水路的麥當勞在哪裡。

「我可以去找你，你說個地點吧！」小蕾斬釘截鐵。

大耳約小蕾在市北最熱鬧的仁愛路二段的麥當勞見面，下午三點，不見不散！她沒有問大耳，兩人要如何認出對方，如果大耳真是那個大耳，她一眼就能認出，如果不是，那就根本不需見面。大耳也沒有問小蕾的長相。

星期六下午兩點半，小蕾到了仁愛路二段。叫計程車時，司機看了她一眼，但是沒有多問。從市南到市北，是難得拉到的好生意，何況現在的小孩鬼靈精，身上又有錢。仁愛路二段很長，小蕾從路口往西走，一路都沒經過麥當勞，走到了仁愛路三段，再往回走，還是沒有麥當勞，但有一家肯德基。會不會是大耳記錯了呢？她走回到二段和一段路口，時間已經過了一刻鐘。一定是肯德基。她趕快往回跑，跑得一頭臉的汗，真希望自己在山溝裡，一縱就到了。氣喘噓噓推開肯德基的大門，裡面有很多人，她滿懷希望從樓上找到樓下，再從樓下找到樓上，整整繞了兩圈，最後還到洗手間外等了一下，沒看到那個有對圓圓招風耳的少年。到底是大耳沒來，還是來的不是大耳？

小蕾累極了，買了一對雞翅，一杯可樂，找了個空位坐下。喝了一大口冰可樂後才想起，阿嬤說她不可以喝冷飲……

「來，趁熱喝！」阿嬤把剛擠出的鮮羊奶盛在碗裡，放在她面前。咩咩已經有羊奶了啊？咩咩什麼時候也長大了？

咩咩的奶溫熱香醇，還有一絲膻氣，比那碗黑湯中藥好喝多了。

「這是最後一碗羊奶，以後就沒有了。」阿嬤慈愛地看著她仰頭飲盡。

「為什麼？」

「你長大了，依山溝裡的慣例，咱們得殺一頭羊請客。」

小蕾打了個冷顫，「我的咩咩不能殺。」

「阿嬤知道你疼咩咩，可是，咱們家就只有咩咩這頭羊。」阿嬤把她攬進懷裡，

「這是沒法子的事啊，孩子……」

「不！」小蕾尖叫，「不！我寧可不長大，也不要你們殺掉咩咩，不要不要不要！」

「小朋友，你怎麼了？」肯德基的服務生過來問，「小朋友？」

夏小蕾眼神渙散，好像沒聽見。

「爸爸媽媽呢？誰帶你來的？」服務生問。鄰桌的大人小孩都好奇地往這邊探看。

「他們死了，都死了，我的小羊也要死了……」小蕾木著臉說。

年輕的服務生有點手足無措，他環顧四周，希望能找到小女孩的家長。這時小蕾站起來往外頭走。沒有人叫住她。她推開玻璃大門，迎面是又溼又熱又黏的空氣，她像蟲子走進巨大的蜘蛛網，被蜘蛛絲一條條纏住黏牢，再也掙脫不了。小蕾看著仁愛路上來往急馳的車輛，從她身邊快步走過的男女老少，只有她被黏在這裡，動彈不得，人啊車啊還是走來走去，沒有人在乎沒有人注意她動不了。小蕾心裡只有一個念頭，她得趕快回去山溝裡，再晚一點，咩咩就會被宰殺，用來慶祝她長大。

就在夏小蕾木雕泥塑傻在仁愛路口，陳老師打了個電話給她的阿嬤。阿嬤說夏小蕾去同學家玩。哪個同學？好像叫周晴晴吧？她最好的朋友。陳老師停頓了一下說，周晴和家長會會長，也就是周晴晴的爸爸現在就在他身旁。周會長從女兒口中得知，班上有個叫王星同的同學，捉弄夏小蕾，把夏小蕾騙到市北某個地方……阿嬤聽不懂什麼部落格電郵的，但是她聽到有個同學假冒夏小蕾認識的人，把小蕾約出去了。夭壽哦，哪有這款代誌？現在的孩子這麼壞？陳老師打斷阿嬤的詛咒，有點著急地說，他們最擔心的是，根據周晴晴的說法，夏小蕾好像精神出了問題。夭壽哦，不好黑白詛咒阮乖孫，她那麼乖那麼靜。陳老師說他現在要去仁愛路找尋夏小蕾的下落，請她在家等消息，如果夏小蕾回來了，立刻帶她去看病。

四點零五分，小蕾往仁愛路三段的方向慢慢走去。她目光呆滯，面無表情，過路口時也不管燈號，司機對她按喇叭，她彷若未聞。

怎麼樣才能回去山溝裡？怎麼樣才能回去？阿嬤不能殺咩咩，咩咩不能死。妞妞呢？妞妞要嫁人了，嫁給大耳。妞妞跟大耳在草坡上抱著親著，他們後來一定是順著四十五度六十度的坡滾下去了吧？她得趕快回去，告訴妞妞，有個人也叫大耳，說他住過山溝裡。這個大耳就是你要嫁的大耳嗎？你跟他抱著從草坡滾下去。可是大耳沒有來。我們約好見面，他沒有來。

回到山溝裡的方法，就是離開三勾里。四點二十五分，小蕾往天橋上走，一步一個階梯，有人推著自行車上天橋，一個媽媽牽著一個小娃兒，一小步一小步往上走。也有人往下走，一個老婦人走來，提個很大的購物袋。阿嬤要去哪裡？買了肉圓嗎？去大陸旅遊，一個人去不要小蕾陪了嗎？阿嬤沒理她，邁著小步小心地下樓梯。阿嬤要去殺咩咩了嗎？阿嬤？阿嬤！阿嬤不見了。小蕾站在天橋上，俯看底下車流。

「小蕾！」

遠遠有人叫她。

「小蕾！」

是妞妞。這野丫頭不知道從天空的什麼地方一躍而下，騎坐在天橋護欄上，一副無所謂的樣子。

「你怎麼來了？」

「寶貝，我們等你半天了。」

「等我？」

「大耳都跟我說了，他不能赴約，因為他在咱們那兒作客。」

「他去作客？」小蕾有點明白了。

「為了你的成年禮呀，都準備好了，就等你一個。」

「那咩咩呢？」

「你阿嬤把它牽出去了，快跟我走吧。」

「來得及嗎？」

「現在走就來得及！」妞妞站在護欄上往下指。

「這樣就能去山溝裡？」

「我什麼時候騙過你，快，否則來不及了。」

夏小蕾往下看，車水馬龍。這就跟那個亂石堆一樣，也不是太高，就是兩個大人高，還是三個？堂叔說過，沒事的，即使摔了，也沒事。夏小蕾抓住護欄，顛顛地往上爬，路人看到要制止時，她已經跨過護欄，站在突出去一點點的水泥地上，手還抓著護欄。

「小妹妹，小妹妹！」路人驚恐地叫著，他們搶上前來，想要抓住她。

四點三十九分，小蕾鬆開手，像學飛時那樣，用力往前一縱……

她回到了山溝裡。永遠。

作者按：一個悶熱的午後，沒有睡午覺習慣的我，卻在涼椅上睏著了，夢中遇見了夏小蕾，跟我說了這樣一個故事。她的故事說到從天橋往下一縱，我就驚醒了。故事寫出來後，心腸軟的母親讀了說：小蕾這麼可憐，怎麼還讓她跳下去？兒子他爸讀了以後也有意見：難道山溝裡和三勾里這兩個世界不能並存嗎？於是，我又加寫了兩個結局。現在兒子不滿意了：為什麼大人要把事情搞得這麼複雜？

兒子他爸希望的結局

四點三十九分，小蕾鬆開手，像學飛時那樣，用力往前一縱……

小蕾……小蕾……

極遙遠的地方，有人在喊她。

小蕾？

但是她沒法子回答。身體鉛般沉，眼皮睜不開。

我的乖孫啊，是阿嬤不應該啊，你快點醒過來吧……

大慈大悲救苦救難阿娜娜大神啊，快點讓我的寶寶醒過來吧，別讓她一直沉睡，別讓她睜不開眼睛……

回到山溝裡了?!

小蕾發現自己躺在炕上，一旁阿嬤扯亂了頭髮，跪在地上呼天搶地，像瘋了一樣。

「阿嬤？」

阿嬤沒聽到，但是一個紅影子竄上前，驚喜地叫著：「醒了醒了！」在炕邊手舞足蹈，也像瘋了般，「太好了，太好了！」

阿嬤撲上前來，「寶寶啊！你醒了？謝天謝地，謝謝大慈大悲阿娜娜！」滿布皺紋的面孔，流下兩行眼淚。

小蕾坐了起來。到底發生什麼事了？她腦裡一片空白。

「寶寶，阿嬤不該執意要殺咩咩，你一看就昏倒了，這都已經第三天了，你再不醒，阿嬤也要跟你一起去了。」

小蕾想起來了。她跟著妞妞趕回山溝裡，正看到阿嬤一刀下去，鮮血從咩咩的頭頸噴出來……小蕾的眼淚奪眶而出。

「別難過了，是阿嬤不好。」阿嬤拿衣角拭淚。

妞妞抓住她的手，「寶貝啊，再怎麼樣傷心，你也不可以就丟下我們裝睡啊！肚子餓壞了吧？」

「你成年禮備下的好菜，都給你留著呢，灶上還有幾個妞妞媽媽做的包子，你最愛吃的。」

小蕾一聽，肚子果然咕嚕咕嚕叫起來，於是坐起，伸伸懶腰。這一覺好像是睡了很久，筋骨很僵硬。

「還行吧?自個去廚房拿。」妞妞說著，跟阿嬤使了個眼色。

小蕾慢慢走向廚房，一掀靛藍色厚棉布簾，只聽得「咩」一聲叫。廚房門栓了隻小羊，眼睛又大又溼，衝著她奶聲奶氣地叫。小蕾蹲到它面前，小羊便過來舔她臉，「你是誰？」

妞妞在身後不無得意地說：「你運氣好，我們家生了小羊，爸爸說送你。」

小蕾憐愛地摸摸小羊的頭，牠長得跟咩咩一模一樣。「我還叫它咩咩嗎?」

「咩咩就咩咩。」

「咩咩？」小蕾叫，小羊也乖順地回一聲咩。

小蕾跟妞妞並肩坐在板凳上，就著熱開水吃包子。阿嬤說：「你們兩個都大了，不能成天只想玩。學校老師有了，這幾天就會來咱們這兒，平時，田裡莊稼還有這些牲畜，都要幫著點啊！」

妞妞在桌子底下踢小蕾的腳，小蕾忍住笑。

「老師是誰?男的女的?」妞妞問。
「山腳下來的,說是什麼笑笑生。」
「什麼笑笑生,是高校生吧?」妞妞說。
「我也搞不清楚,總之,你們兩個丫頭好好學習。」
「小蕾阿嬤,小蕾昏睡的時候,你不是一直喊著,只要我的寶寶醒來,我以後什麼都依她?怎麼小蕾一醒來,你又要她幹活又要她學習。」
「你這丫頭,」阿嬤又好氣又好笑,「田裡收成了,我沒空跟你們閒扯淡,你們吃好了也來幫忙吧!」
阿嬤前腳一出,小蕾和妞妞後腳也從廚房後頭開溜,在美麗的山溝裡到處飛了一陣,小蕾感到前所未有的舒坦,「來玩躲貓貓吧?」
「好呀,我先躲!」妞妞乘小蕾蒙住眼睛數數時,一縱身躲到了大樹後頭,大樹隨風搖著橙紅的葉片,流金燦爛。
「四、五、六……」小蕾站在那裡慢慢數,秋陽暖暖照在她頭皮上,臉上,手上,全身都浸浴於金色的光芒裡,赤著的一雙腳穩穩踩在地上,好像要長出根,長到地裡去。她夏小蕾變成了一棵樹,一棵山溝裡的樹。「八、九、十。我來了!」

小蕾不會曉得，此時在三勾里，一個臉色蒼白身材瘦小的女孩躺在病床上，醫生說她可能再也不會醒，變成了植物一般。婦人看著渾身是傷的孫女，嘴裡喃喃念著：「蕾蕾，都是阿嬤不好，不應該說要送你去住讀，只要你醒過來，阿嬤什麼都順你的意，我苦命的乖孫，嗚嗚，大慈大悲救苦救難觀世音菩薩啊……」

母親喜歡的結局

四點三十九分，小蕾鬆開手，像學飛時那樣，用力往前一縱……啊！

她飛起來了！整個人往上，往後，飛過了天橋護欄，落在地上，落在一個人的懷裡。小蕾轉頭，堂叔？

「小蕾！」

堂叔的眼睛瞪得好大，充滿了恐懼，然後，那雙大眼睛開始放鬆了，流露出慶幸和歡喜。

「堂叔，我要回去山溝里，妞妞呢？」

「夏小蕾，你還好吧？」他把夏小蕾緊緊抓住，生怕她又往護欄那兒去，「老師快嚇出心臟病了。」

心理醫師了解夏小蕾在三勾里和山溝裡兩個世界來去的情形後，開了一些藍藥丸讓她每晚臨睡前服用，並安排定期心理諮商。「這應該可以改善孩子的病情，同時，」醫師一再交代，「家長和學校都要特別注意孩子的情緒。」

夏小蕾的事情，在學校暗暗流傳，她走在路上，常有人交頭接耳：伊啦，就是這個啦，頭殼壞去的。彷彿瘋病和臆症會傳染，人們自動離她三步遠。也有家長建議校方，讓夏小蕾轉到特殊學校。

自從服用藍藥丸後，小蕾就再也無法回到山溝裡了。每晚，她迷迷糊糊睡去，隔天，昏昏沉沉醒來，睡與醒之間，是一整段空白。那空白，就像一堵高高的白牆。學校裡，王星同受到嚴厲訓誡，再也不敢欺負她了，每個人都對她很客氣，周晴晴下課時還會主動找她說說話。放學回家，阿嬤都在家等她，有時廚房裡也冒著白煙和蒜香，阿嬤在煎香腸和菜脯蛋。

世界變得和善，但一切像個虛擬遊戲，如果一下線，遊戲結束，所有的黑暗醜陋是不是都會跟以前一樣？她強烈想念山溝裡的人，山溝裡的一切。她的咩咩後來怎麼樣了？為什麼不能再回去山溝裡？你們搞錯了啦！小蕾在心裡大叫，我不是要留在這裡，是要留在那裡！小蕾現在把所有希望寄託在妞妞再次來訪，帶來山溝裡的消息。

她的部落格停了很久沒有新作，這天，江湖笑笑生發了一封私人郵件給她：小羊咩咩，我們能見個面嗎？

夏小蕾想，見見又何妨？如果他不怕傳染我的瘋病。

江湖笑笑生約她星期天早上在秀水路一家麵攤前見面，那個麵攤她每天上下學都會經過，老闆娘唇上有隻臭蟲疣。十一點，小蕾準時到了麵攤門口。爐上的高湯冒著白煙，老闆娘忙著把一盤盤滷味放進櫥櫃，一個胖胖的女孩幫著擺桌椅，每張桌子都擺上插著免洗筷的筷筒和一盒面紙，還有辣椒醬和醬酒瓶。小蕾盯著老闆娘直看，想著妞妞媽媽。

十一點五分，不見江湖笑笑生的影子。十一點十分，難道又是一個惡作劇？小蕾不想再作傻瓜，轉身要走，這時店裡那個胖女孩跑出來，「喂，等等！」

「什麼事？」

「再等我一下，馬上好了。」胖女孩說。

不會吧？「你，你是……」

胖女孩噓了一聲，使個眼色，不讓小蕾在老闆娘面前說出她的名號。

胖女孩幫忙洗好菜後，溼淋淋的雙手隨意在長褲上一抹，「媽，我跟朋友出去了。」

「十二點以前回來，店裡中午很忙的。」老闆娘看了夏小蕾一眼，小蕾心虛地別過臉去。老闆娘知不知道她有病？

小蕾尾隨江湖笑笑生走進小巷，只見她熟練地穿梭，一會兒竟然到了一條大馬路，就在路邊有個珍珠奶茶店。「走，我請客。」

她們倆一人一杯奶茶，含著粗寬的吸管，走進了一個小公園。一路上，江湖笑笑生蹦蹦跳跳一直在講話。還能說什麼呢？當然是她的武俠世界。

「我總有一天要練成神功，可是媽媽說我在做白日夢，爸爸也不相信有輕功，有摧心掌，有九陰真經。」她說，「你呢？你相信嗎？」

小蕾點點頭，「那你相信我說的山溝裡嗎？」

「還用說！」江湖笑笑生很認真地回答，「而且我很希望自己也能去，去認識妞妞，我絕對跟她合得來！」

小蕾笑了，「沒錯，你跟她還真有點像。」
「但是我不喜歡她嫁人，你別讓她嫁人，好不好？」
「我現在已經回不去了。」小蕾黯然說著。小蕾把發生的事說給江湖笑笑生聽，這是頭一回，她跟三勾里的人如此毫不保留地傾訴。
「哎呀！」江湖笑笑生誇張地嘆氣，「大人們都搞錯了，其實，山溝裡是有的，山溝裡是屬於你的世界，就像你的部落格。」
江湖笑笑生，小蕾覺得這名字太長了，她決定以後只叫笑笑生，不管對方同不同意，妞妞說的，對自己有特殊意義的人事物，我們有命名的權利。「笑笑生？」她試著這樣稱呼，見對方沒反對，就繼續說了，「你每天都要去麵攤幫忙嗎？放學我們可以一起做功課嗎？」
「我只有週末中午才去幫忙，其他時間，苦海女神龍要我以課業為重。」江湖笑笑生擺出一張嚴肅的面孔，「其實，這都是無情客的錯，害我小小年紀就要去麵攤拋頭露面……」
「你說的是外星語嗎？」小蕾疑惑。妞妞說過，你去跟山腳下的人說，他們聽得懂才怪！

江湖笑笑生自顧自說下去，「無情客三年前帶著凸肚小哭星走了，苦海女神龍只好擺麵攤。」

「哦。」小蕾似懂非懂。

「凸肚小哭星是我弟弟啦！」江湖笑笑生笑出兩個深深的酒窩，她的一頭男孩式的俐落短髮，天塌下來也有別人頂著的潑皮模樣，讓小蕾覺得有趣極了。而且，不知為何，老是讓她想起另一個爽朗的好朋友。

小公園很小，只有幾棵樹和兩條板凳。她們在方磚鋪成的地上玩「跳」。兩人輪流發令，發令者如果能在一跳之下跟對方在同一直線，就贏了。玩了幾次，都是江湖笑笑生贏。她胖雖胖，身手卻很靈活，忽焉在前，忽焉在後，真像有輕功一樣。

江湖笑笑生冷不防伸出手指，在小蕾的後肩一點，小蕾啊一聲，身體一軟蹲了下去。

「小羊咩咩？」江湖笑笑生不知該高興還是難過，練了許久的點穴功，今天終於發揮功效了，但她還沒學會怎麼解穴……這時小蕾又笑嘻嘻站了起來，吐吐舌頭。

「你完了！」

小公園裡充滿了兩個女孩追逐的尖笑聲。

臨分手時，江湖笑笑生一直求小蕾，千萬千萬要回去山溝裡，而且要把她帶去，「就像你帶那個大耳去一樣。還有，我要騎東東哦！」

帶江湖笑笑生去山溝裡？小蕾想到這，就不禁笑出來。活潑健談的江湖笑笑生，加上妞妞，她們仨騎上東東玩鬼抓人，一定好玩極了。可是，要怎麼才能再回到山溝裡？

連著幾天，小蕾和笑笑生一起走路回家，她們有說不完的話。笑笑生總是帶她走不一樣的路，在小巷裡鑽來鑽去，變魔術一樣把小蕾送回家。每天上床後，她想著把笑笑生帶回山溝裡，但她回不去。阿嬤的打呼聲響起後，樓下夜市的人聲腳步就漸漸安靜了。月光照在逐漸空落下來的騎樓，摩托車一部部並排像一群匍匐的獸，一隻野貓喵一聲翻倒了垃圾桶。夜靜了，小蕾浮在這片月光中，找不到回去的路，朦朦朧朧，遠處有女孩子玩鬧嘻笑的聲音。

妞妞？一個臉色蒼白身材瘦小的女孩叫喚著，到處張看。田裡金黃色的稻穗彎下腰去，大樹的葉子變成耀眼的橙紅色，樹底下鋪滿了毬果。她看到長辮子的女孩，躲在大樹後頭偷笑。

白臉女孩東張西望，就是找不著。就在樹後頭啊，怎麼沒看見？小蕾不解。她自己什麼都看得到，好像浮在半空中，整個美麗的山溝裡盡收眼底，但又像坐在電影院裡，能看到人物臉上細微的表情。

長辮女孩拾起一個毬果用力一擲，正中白臉女孩的後肩，她啊一聲蹲了下去。長辮女孩趕緊一縱而出，到了女孩身旁。「砸痛了？要緊不？」

白臉女孩笑嘻嘻站起來，一把抓住長辮女孩，「找到了！」

「你賴皮！」

「誰教你拿毬果丟我？」

「誰教你半天找不到我？」

「那你來找我呀，看你怎麼找？」

「好，」長辮女孩蹲下來，把臉埋在膝頭，大聲數著：「一、二、三……」

白臉女孩飛快縱遠了。

長辮女孩抬起頭，彷彿剛才後腦勺長著眼睛，一點也不猶豫便往白臉女孩飛的方向而去。耳聽八方啊，聰明的妞妞。小蕾看著，大樹下沒有人了，她也四處尋找，從自家田地，大目潭到榆樹坡，找啊找，就是沒看到要找的人。

江湖笑笑生不在這裡嗎？難道她沒把笑笑生帶來？

小蕾感到自己正低飛於這片美麗的山坡、谷地和深潭之上。笑笑生，笑笑生，你在哪裡？她看到梳著髻的阿嬤、妞妞的爸爸媽媽都在田裡忙收割，妞妞奶奶在門口空地上曬菜乾，在一條蜿蜒的山路上，堂叔背著山刀和弓箭，拎著一隻野兔正往這裡而來。在自家小土房後，咩咩在那裡吃草呢！阿嬤畢竟還是沒捨得宰了牠。她聽到女孩銀鈴般的嘻笑聲。小蕾，小蕾！妞妞叫喚著她。

「小蕾，你怎麼睡到現在還不起來？」

「啊，阿嬤，我上學要遲到了！」

「今天拜六啦！」

「哦。」小蕾鬆了口氣。

「剛剛有人打電話找你，說是什麼笑笑什麼，約你十點去小公園。」

小蕾趕快坐起來。難怪找不到，笑笑生在三勾里嘛！現在，天啊，九點半了。小蕾趕快洗臉刷牙，把桌上的水煎包胡亂往嘴裡塞。

「吃慢點，不要噎著了。」阿嬤倒了杯豆漿給她。

「吃飽了。」

「中午要回來吃哦！」

「阿嬤。」

「又有什麼事？」阿嬤抬起頭來。她的頭髮燙短了，樣子很有精神。

「哦，沒什麼。」小蕾笑了，大聲喊：「阿嬤，我走了！」

門一開，她飛一樣竄下樓去，跑進三勾里明亮的早晨。

首載於二〇一〇年六月四日至七月十日美國《世界日報．小說版》

聯合文叢 512

雙人探戈

作　　　者／章　緣
發　行　人／張寶琴
總　編　輯／王聰威
叢書主編／羅珊珊
責任編輯／黃芷琳
資深美編／戴榮芝
校　　　對／章　緣　　黃芷琳
法律顧問／理律法律事務所
　　　　　陳長文律師、蔣大中律師
出　版　者／聯合文學出版社股份有限公司
地　　　址／臺北市基隆路一段178號10樓
電　　　話／(02)27666759轉5107
傳　　　真／(02)27567914
郵撥帳號／17623526 聯合文學出版社股份有限公司
登　記　證／行政院新聞局局版臺業字第6109號
網　　　址／http://unitas.udngroup.com.tw
　　　　　E-mail:unitas@udngroup.com
印　刷　廠／瑞豐實業股份有限公司
總　經　銷／聯合發行股份有限公司
地　　　址／231新北市新店區寶橋路235巷6弄6號2樓
電　　　話／(02)29178022

出版日期／2011年7月　初版
定　　　價／280元

ISBN 978-957-522-942-9（平裝）

國家圖書館出版品預行編目資料

雙人探戈 / 章緣作.
-- 初版. -- 臺北市 : 聯合文學, 2011.07
208面 ; 14.8×21公分. -- (聯合文叢 ; 512)

ISBN 978-957-522-942-9(平裝)

857.63 100010179